Punto de fuga

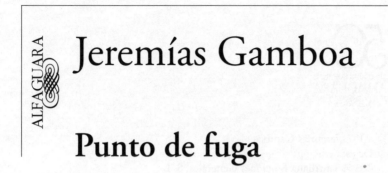

Jeremías Gamboa

Punto de fuga

de buena literatura
ALFAGUARA
1964-2014

© 2007, Jeremías Gamboa
© De esta edición:
2014, Santillana Ediciones Generales, S. L.
Avenida de los Artesanos, 6. 28760 Tres Cantos, Madrid
Teléfono 91 744 90 60
Telefax 91 744 92 24
www.alfaguara.com

ISBN: 978-84-1705-9
Depósito legal: M-3130-2014
Impreso en España - Printed in Spain

© Diseño:
Proyecto de Enric Satué

© Imagen de cubierta:
Raúl García

Impreso en España / Printed in Spain

PRISA EDICIONES

A mi madre, Maura Cárdenas Mendívil;
a la memoria de su madre, Andrea Mendívil

El mundo es lo que es; los hombres que no son nada, que se permiten ser nada, no tienen lugar en él.

S. V. Naipaul

Índice

El edificio de la calle Los Pinos

Cuando el timbre de la casa sonó por primera vez en medio de la noche, lo primero que pensé fue que aquello solo podría ser producto de una alucinación o quizás de una mala broma. Llevaba acostado una hora, tenía los ojos cerrados e intentaba dormir infructuosamente después de haber sido relegado a un extremo de la cama por Lorena. Me estaba empeñando en evitar esas ideas absurdas que todas las noches se suceden en mi mente antes del sueño, cuando de pronto escuché que el timbre sonó. Con la intensidad de cualquier ruido a las cuatro de la madrugada, cuando el vecindario, la ciudad entera, parecen dormir. Abrí los ojos de golpe y permanecí así, alerta, inmóvil: solo hubo silencio. Después de unos segundos de quietud supuse que alguien había llegado tarde al edificio, tal vez ebrio, y se había equivocado de intercomunicador. Cuando el timbre volvió a sonar, menos alarmante que la primera vez, empecé a sospechar vagamente de qué se trataba. Ver a Pineda ahí, atisbando ávidamente la ventana de la casa desde la puerta del edificio, vestido tal como se había despedido de nosotros hacía más de una hora, me pareció de alguna manera lógico, lo único posible a esas alturas de la madrugada: seguramente se había olvidado de las llaves de su casa, como muchas otras veces, de decirme alguna cosa importante —el motivo principal por el cual me visitó y que olvidó a lo largo de la noche— o de algo similar. Solo después de abrirle la reja y acercarme a la puerta, cuando lo vi entrar pidiendo disculpas por la irrupción y con el rostro desencajado, es que empecé a preocuparme. Pineda estaba agitado, distanciado, como alguien que, se me antojó, acabara de cometer un crimen involuntario. Intenté calmarlo, recuerdo haberle pedido que se sentara y me dijera con calma qué había pasado, por qué volvía a la casa después de una hora y media de habernos despedido. Él intentó controlarse, se dejó caer sobre un cojín de la sala, y después de un rato se animó a decirme aquello que, desde que lo vi parado ahí en la entrada del edificio, me temía:

—Es por mi casa —me dijo—. Alguien ha entrado a ella y no sé qué hacer.

—¿A tu piso? —le dije, entre asustado y divertido, imaginando policías, llamadas telefónicas, denuncias y yo en el medio de todo ese delirio.

—No, al piso no —respondió, cortante—: al edificio. Al edificio de la calle Los Pinos.

—Bueno, entonces cuál es el problema; un culo de gente extraña entra a los edificios de otras personas.

—No te hagas el loco —me respondió—. Tú y yo sabemos bien cómo es el edificio de la calle Los Pinos.

Tenía razón. Claro que lo sabía. Sabía muy bien cómo era. Así que no supe qué decir.

Había una cajetilla de cigarrillos encima de la mesa, de modo que prendí uno nerviosamente mientras me daba cuenta de que en verdad no tenía nada que decir, como tampoco tuve nada que decir cuando vi por primera vez el edificio de la calle Los Pinos, el departamento de Pineda, las condiciones en que lo había tomado. Mi amigo me había contado más o menos cómo era el lugar que había rentado para estar por fin solo, lejos de los problemas de su familia, según me dijo, con tiempo para vivir en paz y para escribir en sus ratos libres, y la verdad es que todo sonaba muy bien. Incluso llegué a sentir algo de envidia al escucharlo: el sitio era amplísimo, lleno de luz, y estaba ubicado en el undécimo piso de un edificio que quedaba a solo una cuadra del parque central de Miraflores. Desde las ventanas de su habitación —recuerdo que me dijo esto con un brillo intenso en los ojos—, se podía ver el mar y el perfil de la ciudad. Recuerdo que lo felicité muchas veces durante esa tarde, luego del cine y mientras caminábamos rumbo a mi casa, y al despedirme lo felicité una vez más. No sé si hice bien. El día en que conocí el departamento, un domingo en que lo ayudé en una mudanza minúscula en la que apenas tuvimos que desplazar algunos libros, una cama y un televisor, comprobé que la descripción que había hecho Pineda era en buena parte cierta —aun cuando del mar no se veía más que una pequeña franja muy al fondo, entre una maraña de edificios—, pero que había algo sórdido, tenazmente perturbador en el lugar.

Lo primero que me sorprendió del edificio de la calle Los Pinos fue su aspecto: era una construcción aparatosa, horrenda y delirante. Seguramente la peor de cuantas haya habido en Miraflores. Lo segundo fue que pese a ello nunca me hubiera detenido en él: frente a mí se erguía un armatoste de unos veinte pisos, pintado de un color azul eléctrico llameante y agresivo, cuyos contornos en zigzag daban la impresión de pisos o departamentos a punto de desprenderse, de salir disparados de su base. Pensé inmediatamente en un enorme acordeón puesto de pie, en un sánguche desacertado, en una enorme nave espacial que nadie se animó a lanzar al espacio y que ahora existía como una absurda pieza de museo o una guarida de ratas o de locos.

Pineda se acercó a la base de esa nave y de pronto, de un punto casi invisible a primera vista, me descubrió la puerta de entrada: se paró al lado de una reja intimidante y después de muchos forcejeos liberó su candado; abrió las dos alas de fierro y desató un chirrido escalofriante que no olvidé incluso cuando seguí tras él cargando las cosas y me vi reflejado en una de las dos paredes de espejos que flanqueaban el corredor, un pasadizo estrecho que conducía irremediablemente a un antiguo ascensor: a un lado pude ver una lista que enumeraba los inquilinos morosos del edificio y los nombres de algunas sociedades de abogados, de ciertas agencias inmobiliarias y los consultorios de lo que parecía una clínica para enfermos mentales. No había ningún movimiento en el lugar, pese a que era una tarde de domingo: solo un hombre dormía abandonado en una oficina minúscula que más bien parecía una caseta, apenas resaltado por la luz de su mesa. Una vez en el piso once me interné en una ramificación caprichosa de pasadizos absolutamente oscuros. Comprobé que los focos existían, pero estaban todos apagados. Presentí un par de golpes fuertes a unos metros delante de mí, un traqueteo crispado, el sonido de otra reja casi igual de sólida que la anterior y de pronto un disparo de luz que nos cegó: era su departamento. En el momento en que miraba la ciudad desde sus ventanas, las calles de Miraflores por un lado, los edificios lejanos de San Isidro por el otro y más abajo la calle Porta, me di cuenta, con pánico, de que ese era un edificio destinado solo a oficinas en el que nadie, excepto él, se quedaría a dormir esa o cualquier otra noche. Entonces fue que no encontré las palabras.

—Es un sitio muy extraño —le dije por fin, resolviendo el tema de una buena vez, acabando mi cigarro y matándolo sobre el cenicero junto a los demás puchos que nos habíamos fumado toda la noche mientras hablamos con Lorena y escuchábamos música—, jodido.

—De noche sí, lo admito —respondió, secamente.

—Claro, claro —le dije.

No quise añadir más y me levanté para ir a la cocina —«¿Quieres un café?», le pregunté, «¿una gaseosa?» «Un té», me respondió—, abrí el caño para llenar la tetera y mientras veía el agua correr volví a pensar en lo duro que sería vivir en ese lugar. Me daba cuenta de que solo una persona como Pineda podría resistir en esas condiciones casi seis meses. Después de una noche en que Lorena y yo, luego de varias negativas, fuimos a visitarlo a su departamento, ella se había resistido totalmente a la idea de volver una sola vez más al edificio. A nadie en su sano juicio se le ocurriría pasar una sola noche ahí, me decía. Entrar a través de esa reja que nos abrió el portero legañoso, la oscuridad del corredor acentuada por los espejos que nos reproducían y que apenas entreveíamos por la luz de la linterna del guardia, las puertas abiertas del ascensor hacia un espacio tenebroso desde el cual tuvimos que llamar a nuestro anfitrión, el eco de nuestras voces por todos los pasillos y la aparición espectral de Pineda entre la oscuridad para guiarnos a su cuarto, fueron demasiado para ella. Él notó su nerviosismo y le dijo, disculpándose, explicándose, que como el edificio era de oficinas, los propietarios habían acordado restringir la iluminación de los pasillos a partir de las nueve de la noche, pero por gestiones suyas eso no había ocurrido con el ascensor. Cuando Lorena le preguntó si en efecto él era la única persona que se quedaba a dormir en ese sitio, si los tres en ese momento éramos los únicos que ocupábamos toda aquella enorme construcción, él dijo que teníamos que pensar las cosas desde otro punto de vista. En verdad el edificio era un sitio seguro; todo aquel que entraba o salía a cierta hora de la noche tenía que atravesar las rejas o pedir que alguien las abriera, y el único que vivía en el lugar, que tenía las llaves, era él. Después de esa cita, echados en la cama, Lorena y yo descubrimos asustados que ese espacio era perfecto para cometer un crimen, violar a una mujer o torturar a una víctima a lo largo de una noche lenta y minuciosa. Mientras servía el té me preguntaba qué le habría podido ocurrir a Pineda ahora, qué cosa lo había obligado a regresar a nuestra casa así, en ese estado. Recuerdo que dejé las dos tazas sobre la mesa y me quedé mirándolo, sus manos entrelazadas, sus ojos enterrados en el piso, fijos en un punto imposible de identificar. Le dije que el té estaba caliente, que se sirviera. Él tomó un sorbo y luego hizo un silencio. Me quedé callado, esperándolo. No fue necesario hacerle pregunta alguna.

—Llegué a casa hace unos minutos, después de despedirme de ustedes y no noté nada raro —empezó a decir—. Siempre me fijo con cuidado que nadie merodee cerca de la puerta de mi edificio porque la calle Los Pinos es oscura y uno nunca sabe las cosas que pueden aparecer por ahí. Tú sabes que soy bien cuidadoso, así que cuando abría las rejas estaba seguro de que no había nadie a mi alrededor, pero después el tiempo que toma abrirlas es un poco largo y cuando tuve un ala separada a cada lado y lo vi aproximarse hacia donde estaba yo, no me quedó otra cosa que mantener el control. Me saludó con un monosílabo y yo hice lo mismo. Me pidió permiso para pasar y lo hice inmediatamente, pensando que de lo contrario podría sacar un arma o algo así. Después lo vi avanzar por el pasadizo con dirección al ascensor.

—Hiciste bien, claro —le dije, pero Pineda no parecía escucharme. Me sentí estúpido.

—Después hice como que entraba yo también pero luego de unos pasos me detuve. El hombre se acercó al ascensor y lo llamó, esperó a que se abriera y se metió en él. Cuando la luz del interior del aparato lo iluminó, pude ver que era una persona adulta, de ojos como perdidos, hundidos. Pensé que quizás era un drogadicto que se ocultaba de alguien, un ladrón, no lo supe bien. Yo me quedé en el pasillo, a la espera. El ascensor se cerró y en medio de la oscuridad, una vez que me acerqué a las puertas, vi que las luces indicaban que la máquina subía y se detenía precisamente en el piso once, en donde yo vivo, y que se quedaba ahí. Tuve deseos de salir corriendo del lugar. Ya empezaba a caminar hacia la salida cuando me contuve en la puerta y fríamente, con una determinación que desconocía en mí, me acerqué al ascensor y lo llamé para ver si el hombre aparecía en él. ¿A quién podría visitar en ese lugar si no a mí? El aparato comenzó a bajar y cuando se abrió —yo estaba a varios metros ya, pegado a la reja— nadie ni nada salió de él. Me di cuenta de que el hombre estaba en el piso en que yo vivía, se-guramente me conocía, quizás quería robarme o ma-tarme; lo cierto es que posiblemente se había quedado agazapado en la oscuridad esperando que yo subiera para saltar sobre mí. Me dio pánico, me acerqué a la puerta, cerré las alas de las rejas con calma, puse can-dado en ellas y salí a caminar a la calle.

—Dentro de todo hiciste lo mejor, en verdad —se me ocurrió decir—, lo mejor.

—Caminé durante un rato por el parque tra-tando de aclarar mis ideas. Pensé por un momento ir a un hotel a dormir hasta mañana y entonces, no sé, pensé que quizás podría quedarme aquí, en la casa de ustedes, molestarlos, solo por esta noche.

—Claro, claro que sí —dije, algo nervioso, aunque no sabía muy bien por qué estaba así—. No hay ningún problema.

Terminaba de decir esto cuando escuché un movimiento detrás de nosotros, una posible agitación de sábanas y almohadas en el cuarto de al lado, unos pasos: Lorena seguramente quería saber si hablaba solo. Apareció con los ojos agotados, el pelo sujeto por un gancho y, tal como yo un rato antes, se sorprendió de encontrar ahí a Pineda. De inmediato intenté tran-quilizarla, decirle que no era nada. Alguien se había metido al edificio en donde vivía nuestro amigo y él había decidido venir a estar con nosotros, solo como una medida de precaución. Lorena sonrió y entró en la cocina. Distendió todo diciendo que no le sorpren-día nada viniendo de Pineda; de Pineda siempre se po-día esperar cualquier cosa.

Pineda reía de una manera algo fría mientras tomaba su té a sorbos espaciados. Lorena se puso a hablar con él y él volvió a contar todo de nuevo, con lujo de detalles; mientras lo hacía y ella asentía a todo con una expresión atenta fui consciente una vez más de la compasión que sentía por él. Al principio a Lorena le pareció un hombre extraño, algo perturbado, y le costó aceptar su proximidad. Solo con el paso del tiempo se dio cuenta de que Pineda era un buen tipo, algo errático, de veras entrañable. Nos habíamos conocido en la Universidad San Marcos. Él estudió Literatura solo hasta el segundo o tercer ciclo, cuando tuvo que retirarse para ayudar a su familia. En aquel tiempo yo estudiaba Cine en la de Lima y tenía la pretensión de terminar estudios de Literatura en San Marcos también. Nos hicimos amigos rápidamente. Quizás porque era necesario serlo, porque nos sentábamos cerca, porque los dos éramos, en modos distintos, bichos raros allí, porque a los dos nos gustaban los mismos poetas y músicos. Ambos dejamos esa universidad casi al mismo tiempo, aunque por causas diferentes. Nos vimos contadas veces. Con el tiempo me enteré de que era fotógrafo también y que había empezado a trabajar en distintas publicaciones viviendo a las justas con los pagos exiguos que recibía. En un momento, gracias a la gestión de un amigo común, empezó a colaborar en la revista que *El Comercio* sacaba los días sábados, primero como fotógrafo exclusivo de notas que todos los demás reporteros gráficos rechazaban —recorridos por cerros peligrosos, reportajes sobre bandas de matones o enclaves de fumones y malandros—, después como ocasional redactor y luego como redactor y fotógrafo de notas de viaje por el interior del país. Mis amigos me decían que prácticamente vivía en la revista, siempre pidiendo qué hacer, en qué ayudar, como aferrado a una tabla tras un naufragio, como quien se juega el pellejo en cada cierre de edición. No resultó raro por ello que con el tiempo lo contrataran. Se convirtió en un esforzado redactor de planta y tras un par de años lo ascendieron a editor adjunto. Desde entonces Pineda tuvo un sueldo seguro y estable: un día dejó la casa de sus padres, en el Rímac, y se fue a vivir a Miraflores. Lo que nunca imaginé, después del esfuerzo que le supuso su sacrificado ascenso a través de esos tres o cuatro años, es que una vez en posesión de la estabilidad por la que tanto había luchado, escogería un sitio tan lúgubre y sórdido como ese para vivir; muchas veces me imaginé si secretamente él mismo se había impuesto ese castigo o si intentaba expiar con él algunas culpas, algunas responsabilidades de las que jamás hablaba. Él decía que pagaba poco por el piso, que era una ganga frente a otros espacios céntricos de Miraflores y él había querido siempre vivir en Miraflores. Yo, igual, nunca llegué a entender por qué un lugar así, un edificio como el de la calle Los Pinos.

—Está muy bien que te quedes aquí —escuché decir a Lorena—; mañana ya averiguarás lo que pasó.

Ambos nos miramos fugazmente y yo no tuve el tiempo suficiente para leer sus ojos. Durante esos últimos meses habíamos salido a manejar bicicleta por los malecones de Barranco y Miraflores junto a Pineda, lo habíamos invitado con frecuencia a la casa para almorzar o cenar los fines de semana, lo habíamos acogido las veces que él había llamado a preguntarnos dónde estábamos, qué hacíamos, dónde nos podíamos encontrar. Tuve conciencia de que no tenía nada de extraño que él terminara por dormir en nuestro piso, a nuestro lado, en un día como ese. Me pregunté cuándo ella se cansaría de esa clase de situaciones. Había un silencio entre nosotros.

—Lo que debes hacer es pensar si ese sitio te conviene, Pineda —dijo de pronto ella—. Parece un poco peligroso.

—Es posible, sí —dijo él, apesadumbrado.

Prendí otro cigarrillo justo cuando Lorena preguntaba si ese tipo de cosas le habían pasado antes, si un espacio como ese no le había traído algunas experiencias anómalas. Pineda encendió también un cigarrillo después de acabar su té y yo puse música muy baja. Lorena lo miraba como esperando su respuesta.

—Me han pasado un par de cosas medio extrañas —admitió.

Sentados uno al lado del otro, de pronto con las manos entrelazadas, ella y yo escuchamos que durante ciertos días, sin entender bien cómo, cuando llegaba a su casa muy tarde después de los cierres de edición en la revista, escuchaba, entre los pisos cuarto y quinto, porque así se lo indicaban las luces del ascensor, la voz de una soprano que cantaba a capela.

—He creído siempre que se puede tratar de una radio que algún guardián escucha en las clínicas. No se me ha ocurrido apretar el botón cuatro o cinco y salir a uno de esos pisos a averiguarlo.

—Debe de ser difícil llegar muerto de miedo a la casa de uno, ¿no? —disparó de pronto Lorena. Yo prendía un cigarro con la ayuda de otro que acababa de fumar.

—No es tan así —dijo él—. Casi nunca he tenido problemas. Solo una vez me ha pasado *algo* al interior del edificio. Un día que llegué totalmente borracho. Solo un día, por cierto. He llegado ebrio a mi casa muchas veces y nunca he tenido sobresaltos. Y ese día, como los otros, apenas cerré las rejas del edificio tras de mí me sentí en casa, muy a gusto. Como todas las noches, fui por el pasadizo, tomé el ascensor, caminé casi de memoria por los pasillos y llegué a mi cuarto muerto de cansancio y borrachera. Me quité la ropa y cuando estaba metido en la cama escuché claramente que alguien golpeaba salvajemente la puerta de mi departamento. El ruido me dejó helado. De pronto estaba sobrio en mi cuarto con la piel erizada y a oscuras porque apagué la luz de un salto, instintivamente, pensando que quizás lograría despistar al extraño. Estaba allí pensando en todos los objetos contundentes que tenía alrededor y con los que, por último, tendría que enfrentar al otro en caso de que llegara a irrumpir en mi departamento. Me acerqué a la cocina y cogí un cuchillo muy grande, uno capaz de causar un corte profundo, irreversible, y de pronto me sentí fuerte y seguro de que a cualquiera le sería difícil reducirme. Me quedé esperando el forcejeo de la puerta, inmóvil, en posición de ataque, pero detrás de esta solo había oscuridad y quietud. De pronto volví a oír ese repiqueteo igual de intenso pero lejano. Desde la ventana de mi cuarto noté que se trataba del ruido de una máquina que trabajaba en la construcción de un centro comercial en la esquina de mi casa. Sin embargo no estuve seguro de si el ruido que me alarmó fue aquel o uno producido en los pasadizos de mi piso. Esa noche dormí con el cuchillo entre las sábanas.

Lorena también prendió un cigarrillo pese a que ella no acostumbraba fumar, y menos a esas horas. Por un momento no supimos qué decir y ella no se animó a preguntar nada más. Tampoco se nos ocurrió dormir. Creo que hablamos de otro tema o que el mismo Pineda cambió la conversación. La hora había avanzado y en un momento Lorena se paró y trajo una colcha y una bolsa de dormir, también alguna ropa mía para que él pudiera cambiarse. Dijo que tenía sueño, se despidió de los dos y se fue a acostar. Antes de hacerlo dijo que mañana nos haría un desayuno muy bueno y que en la tarde Pineda como mínimo nos tenía que invitar un almuerzo como agradecimiento por nuestra hospitalidad. Él dijo que claro, que encantado lo haría. Cuando ella se fue no sé por qué me arrepentí de haberme quedado con él, pero ahí estaba, sin tener claro qué decir. Escuchamos un disco que no había podido mostrarle cuando estuvo en casa unas horas antes. En un momento, mientras él se concentraba en la música, me di perfecta cuenta de que aún estaba frente a él, desvelado, porque tenía una pregunta que hacerle y supe que no podría dormir hasta no tener una respuesta para ella.

—Oye, hermano —le dije de pronto—, ¿por qué decidiste irte a vivir a ese lugar?

Pineda me miró con extrañeza, como si no entendiera la pregunta.

—Es decir, por qué precisamente ese lugar si hay otros tantos en Miraflores, tantos que también puedes pagar.

Él se rió, meneó la cabeza de una manera que podría juzgar despectiva pero también resignada. Yo apagué la música. Entonces le dio una pitada a su cigarrillo y empezó a hablar:

—Conocí el departamento un día domingo por la mañana y pensé que era un lugar como cualquier otro, con mucha gente que vive en diferentes departamentos, vecinos que te saludan, niños que juegan, esas cosas. Recuerdo que la primera vez que entré a él una luz muy bella, hasta nítida, caía de lleno en todo el espacio y lo iluminaba de una manera que jamás había visto en toda mi vida. Estaba también la vista. Desde mi cuarto, si haces un esfuerzo, es posible ver el mar. Sabes que me gusta mucho abrir las ventanas de mi cuarto y ver el mar. Me gusta despertar y de pronto correr las cortinas y ver la ciudad y más allá el mar. Es como vivir en otro país, como no estar en el Perú. Después entendí todo lo que hemos hablado ahora, que nadie más que yo vive en el edificio, que es algo extraño dormir en esas condiciones, pero creo que es muy tarde para arrepentirse. De algún modo yo trabajo demasiado de lunes a viernes, casi no estoy en casa los días de semana porque llego a las tres o cuatro de la mañana y salgo a las diez a la redacción, y los viernes por la noche me emborracho y duermo todo el sábado, y el sábado en la noche me vuelvo a emborrachar y el domingo los visito a ustedes o a veces, cuando los extraño, a mi familia. Entonces no estoy mucho tiempo ahí.

—Como si huyeras del lugar —le dije de pronto, como quemando el último cartucho, como diciéndome que no había llegado hasta ahí por nada—, como si nunca quisieras estar ahí.

—Quizás sí, lo he pensado también, no creas, quizás un día decida buscar otro lugar en el cual vivir, me mande mudar, lo olvide todo. Pero es que de pronto, cuando me levanto de mi cama y sé que no hay absolutamente nadie alrededor y las cortinas están llenas de luz y al abrirlas sé que veré al fondo la línea azul entre dos edificios que es el mar, entiendo que el edificio, con todo lo que tiene, con todo lo extraño que es, me gusta, no sé cómo explicarlo. Como si fuese un lugar mío, mi lugar, ¿entiendes?

Una vez más me quedé sin palabras y me di cuenta de que decir cualquier cosa sería inútil o no tendría sentido. Pensé de pronto que cada quien, en el fondo, busca el sitio en que está cómodo y nadie lo obliga a permanecer en él, el sitio en el que uno siente que encaja y al que pertenece como yo pertenecía a esa quinta en Barranco, a ese sitio en el que Lorena dormía y que nuestro gato recorría una y otra vez, en el que se veían mis libros de poesía regados por el piso, los discos que escuchaba con ella muchas veces después de hacer el amor y hablar y hablar y hablar horas de horas de la gente que conocíamos, entre ellos Pineda, su vida extraña, su casa de locos. Miré a mi amigo a los ojos y le sonreí, y creo que en esa mirada le dije de alguna manera que tenía razón. O al menos eso intenté.

—Oye, Diego —me dijo algún tiempo después de haber estado callados mirando el piso del cuarto—, ya no es necesario que te preocupes por mí, es tarde y yo estoy muy bien. De verdad.

Le dije entonces que me iba a dormir, lo abracé y me fui al cuarto. Me descubrí en un momento al lado de Lorena, alarmado, extrañado, sin deseos de dormir. En un momento tuve ganas de ir al baño —o eso creí— y a oscuras, para no despertarlo, pasé por la sala. Desde el umbral pude atisbar la bolsa de dormir que Pineda ocupaba. Entre los cojines me pareció advertir que su sombra se expandía y se encogía a una velocidad mucho mayor que la de alguien que respira dormido; más bien parecía la de alguien que se retuerce de dolor, que se ahoga o que simplemente llora. No sé bien. Cerré la puerta del baño súbitamente y decidí no prender la luz. De un momento a otro, quizás por la oscuridad, por la hora, recordé al hombre que había entrado al edificio de la calle Los Pinos y que, por una maniobra involuntaria de Pineda, había estado encerrado en él toda esa noche, aún estaría ahí, recorriendo los pasadizos, las escaleras, topándose con las rejas de la salida. Entonces me pregunté, con miedo, con pena, con una extraña mezcla de los dos, cómo podría hacer para llegar sin heridas a mi habitación, a la cama en la que debería estar durmiendo con Lorena.

Nuestro nombre

No sé bien por qué quiero contar esta historia. Pienso en ella solo como la pequeña viñeta de un fracaso casi imperceptible y a su modo anónimo. Un fracaso protagonizado por dos hombres completamente extraños que llevan el mismo nombre y que, además, casi por casualidad, son padre e hijo. Dos hombres que un día salieron juntos a la calle y de pronto se encontraron sentados en una banca del Centro de Lima, a la espera de una cita muy importante, una oportunidad que podría cambiar la vida de alguno de los dos. Al menos eso era lo que pensaba el padre. Al menos eso es lo que después de algunos años recordaba su hijo. Una historia tragicómica que él me contó una noche en una cantina de la Plaza Bolognesi, un local sucio que solo ofrecía cervezas negras y jamones pasados y en el que a veces nos sentábamos los viernes en la noche después de salir del trabajo y mirar, bostezando, películas chinas en la Filmoteca de Lima. No sé cómo, de pronto, le pregunté a mi amigo por su nombre, le confesé que desde que había leído su firma al pie de sus columnas de crítica de cine, me había resultado extraño que alguien se llamara así. Recuerdo que él se sonrió con la expresión de quien ya está acostumbrado a esa pregunta y luego me contó varias historias relacionadas con eso, todas muy buenas, historias que parecía que ya hubiera contado antes y que animaron la conversación de esa noche pero de las cuales solo consigo recordar esta, no sabría explicar muy bien por qué. He pensado que quizás se deba a que fue distinta a todas las otras que escuché aquella vez, o a que fue la última que me narró ya que luego nos quedamos callados y sin ganas de hablar nada. Con el tiempo he creído que quizás se deba a que al final es porque con ella entendí cierta distancia que me alejaba a mí de mi propio padre.

Lo primero que me llamó la atención es que mi amigo me contara que esa tarde fue la única vez en que recordaba haber salido con su padre. Esa noche, seguramente, él me explicó los detalles de esa situación insólita —sin duda una separación familiar, la presencia de otro compromiso, medios hermanos, visitas ocasionales del padre cuando era el cumpleaños de mi amigo o de una de sus hermanas, nada especial—, pero ahora, a la distancia, no los puedo referir con exactitud. Lo demás sí. Tengo claro, por ejemplo, que esa era también la primera vez en que él estuvo consciente de estar por un tiempo a solas con su padre, que había imaginado de niño muchas veces esa salida especial y que en ese momento, con diecinueve años a cuestas y su padre con cerca de cincuenta y cinco, lo desconcertaba que esta fuera aquella oportunidad. Que las veces que él lo había imaginado a su lado en el día en que declamó poesías en el colegio o sentados ambos en una tribuna de un estadio mirando un partido de fútbol se hubieran disuelto en ese estar a su lado por largo rato en una banca del Centro de Lima sin dirigirle la palabra y viendo de reojo a ese señor ya de edad que tampoco le hablaba a él, ambos impasibles, casi rígidos, observando los edificios descoloridos del otro lado de la calle, quietos pese al sol que les golpeaba la nuca, la salva de bocinazos que atronaban sobre el jirón Camaná y el hedor empozado en las patas de la banca.

Me parece que ambos estuvieron en esa situación por algo así como media hora. Pero a esas alturas de la tarde llevaban juntos y en silencio mucho tiempo más. Mi amigo recordaba que un par de días antes de ese encuentro había llamado a su padre desde un teléfono público y este, con un tono que mi amigo no pudo precisar en los días siguientes, le confirmó que sí, que había esa gran oportunidad y que había llegado el momento de hacer algo por él, su hijo, que lo buscara ese día a tal hora y en tal lugar. Tenían esa reunión, sí, su mamá le había dicho bien, él le había hablado al señor periodista sobre él. Mi amigo llegó puntual a aquella cita con su padre. Tal como convinieron, se paró en el pasaje Champagnat durante el tiempo suficiente para que el otro lo viera desde el local de la pizzería en que trabajaba, le hiciera un gesto determinado y luego de cambiarse y de hablar con el administrador de su trabajo fuera a juntarse con él en la avenida Pardo. Después de darse la mano y de que él recibiera una palmada en el hombro, ambos caminaron juntos hasta la Vía Expresa, bajaron las escaleras en Ricardo Palma y tras subirse a un bus repleto de pasajeros viajaron parados por más de una hora hasta el cruce de las avenidas Tacna y Emancipación, en el Centro. Mi amigo recordaba que era una tarde de sol radiante y calor y de centenares de personas que caminaban por las calles unas contra otras y entre ellas él contra su padre. Una vez en el Centro subieron con esfuerzo seis o siete cuadras de Emancipación sembradas de puestos improvisados y carretillas, él siempre a unos pasos detrás del otro, viéndole las espaldas y repasando con extrañeza su pelo, sus pantalones, su camisa, y diciéndose que todo eso pertenecía a su padre, que debía seguirlo a donde él fuera. Caminar uno al lado del otro entre el follaje de transeúntes y ambulantes era prácticamente imposible. Una vez que lo alcanzó en la esquina del jirón Camaná vio que sacaba un papel doblado del bolsillo de su camisa y que cotejaba la dirección anotada en él con las construcciones que tenían enfrente. Ese es el lugar, escuchó decirle de pronto, indicando unas ventanas muy altas. Lo vio mirar su reloj y después señalar la banca pegada casi a la pista. Ven, siéntate, dijo. Mi amigo inmediatamente obedeció y fue entonces que se quedaron mirando los edificios del otro lado de la calle sin decir palabra.

Entonces fue que la historia propiamente empezó. De un momento a otro el padre se levantó diciendo que estaban cerca de la hora y que no podían llegar tarde a la cita, no a esa, así que se dispuso a cruzar la pista. Mi amigo se levantó de forma mecánica, y unos segundos después franqueaba al lado de su padre la entrada del edificio en donde estaba la revista. Penetraron en una bóveda que le pareció amplia y lóbrega. Las cosas, de pronto, se aclararon en su mente —el motivo real de ese encuentro con su padre, las respuestas que tenía preparadas para la entrevista—, a la vez que empezaba a hacerse nítido todo cuanto lo rodeaba: distinguió paredes de mármol, un par de altos espejos amarillos, una escalera ancha y en forma de espiral que trepaba hacia la oscuridad y a su lado un pequeño escritorio en el cual un hombre uniformado les pedía identificarse, indicar el motivo de su visita. El padre pronunció su nombre y el de su hijo, y explicó que ambos tenían una conversación muy importante con el subdirector del semanario que estaba ubicado en el sétimo piso del inmueble. Para que todo quedara claro también dio el nombre del subdirector y del semanario. El hombre de uniforme les pidió que esperaran un momento y, a través de un aparato de radio, entabló una conversación bajo un sistema de claves que a los otros dos les resultó incomprensible. Luego de intercambiar algunos códigos se dirigió al padre de mi amigo.

—¿Su nombre es Jeremías qué, perdón?

—No es Jeremías —dijo él.

—¿Perdón?

—Mi nombre no es Jeremías.

Tras vacilar, algo incómodo, el padre de mi amigo repitió su nombre y el hombre uniformado asintió, intercambió un par de códigos más por la radio y terminó su conversación. Exigió a mi amigo y a su padre documentos, los recibió y luego les extendió un papel con el nombre de su destino. Les informó que alguien tenía que firmar ese papel en el semanario. Les dijo también que el ascensor estaba fuera de servicio.

Ambos ascendieron trabajosamente las escaleras del edificio a través de una serie de peldaños muy anchos y descascarados y de una penumbra que ni las ventanas con vidrios de catedral sembradas a lo largo de todo el ascenso lograban disipar. En cada descanso se dieron de bruces con el nombre de una entidad distinta empotrada en la pared del rellano: primero una sociedad corredora, después una agencia de inversiones, luego un estudio de abogados. En uno de los pisos altos encontraron el logotipo de la revista. A uno de los lados, una puerta de vidrio les devolvió su imagen y a mi amigo le pareció extraño verse al lado de su padre y que este, a su vez, resollara como si hubiera terminado una carrera de fondo. Siempre se lo había imaginado más joven, con más arrestos físicos, y, claro, me dijo esa noche, quizá ello se debiera a que durante su infancia había guardado entre sus cuadernos una foto en la que su padre sostenía una copa de un campeonato de fútbol entre restaurantes, la silueta de varios jugadores al fondo, el gras, la pelota a un lado, el pelo oscuro y abundante, entreverado. Al hombre de cabello entrecano a su lado le costaba serenarse. Después de mirar su reloj se acercó a la puerta. A mi amigo le pareció sorprendente que su padre se mostrara algo nervioso. Se dio cuenta de ello cuando le oyó decir trabajosamente lo mismo que en el primer piso, pero esta vez cada palabra le costaba un esfuerzo mayor: tenían una cita a las cinco de la tarde, un asunto de trabajo. Del otro lado de la puerta alguien le preguntó su nombre y el motivo preciso de su visita. El hombre pronunció cuidadosamente su nombre y el de su hijo, y también el motivo.

—Unos instantes, señor —le dijeron cortésmente una vez que él había retrocedido un par de pasos—, vamos a consultar.

Varios minutos después los dos estaban sentados sobre los peldaños de la escalera espiral que conducían al octavo piso del edificio. Permanecían en silencio, como si la escena en la banca se estuviera prolongando innecesariamente. Desde donde estaba sentado ahora, un escalón debajo de su padre, mi amigo observó una serie de personas que atravesaban apuradas la puerta de vidrio. Algunas llevaban grabadoras, fólderes llenos de expedientes o recortes periodísticos, planchas de contactos fotográficos; otras iban con las manos vacías, o a veces con una pequeña libreta o un cuaderno. Ni bien se acercaban a la puerta esta se abría de modo casi automático.

—¿Nervioso? —le preguntó de un momento a otro su padre.

—Un poco, sí —respondió él, casi por salir del paso.

—No hay por qué preocuparse. Todo va a salir bien.

Después de ese intercambio ambos siguieron sentados, sin cruzar palabra. Mi amigo ocupó el tiempo observando las vetas de mármol de las escaleras y en un momento sintió la mano de su padre que le tomaba el cuello, como intentando un acercamiento, pero no supo reaccionar. Algún tiempo después, cuando ambos parecían resignados a la mudez y a una inercia que los ataba inútilmente a ese lugar, una mujer menuda, de pelo oscuro y rostro demacrado, apareció en el rellano vacío para llamar a alguien en voz alta, como si fuera una enfermera en medio de un hospital atiborrado de pacientes:

—¿Señor Jonás?

Mi amigo me contó que de pronto su padre se puso de pie, se acercó sigilosamente a la mujer y le preguntó con voz muy suave si buscaba a alguien que tenía una cita con el subdirector de la revista, un señor que tenía que conversar con él sobre un muchacho nuevo, un joven periodista. La mujer respondió que sí, precisamente. El padre dijo que él era el señor que tenía la cita, solo que no se llamaba Jonás.

La mujer se sonrojó, se disculpó rápidamente y de forma casi inaudible los invitó a él y a mi amigo a pasar. Los dos dejaron atrás la puerta de vidrio y entonces, con cierto aire nuevo de suficiencia, caminaron a lo largo de un pasadizo angosto y muy largo tachonado de varias puertas. Mi amigo descubrió a través de ellas gente apiñada en escritorios, asomada en legajos y papeles desordenados, tazas de café, mesas de luz. Escuchó risas, un par de voces estridentes, un tecleo solitario de máquina de escribir. La mujer los condujo al fondo, casi a la última entrada de la izquierda, y entonces ingresaron a un ambiente estrecho en el que había solo un mueble añoso que daba a un cubículo de madera y vidrios de catedral: dentro de él una silueta se desplazaba y hablaba frenéticamente, con un brazo sostenía un aparato telefónico a la altura del pecho. La mujer les indicó que el señor subdirector los iba a llamar dentro de poco; estaba en una reunión importante y no se sabía muy bien a qué hora podía terminar. Una vez que ella se fue, el padre de mi amigo se animó a hacerle un gesto divertido y de complicidad a su hijo. Algo así como un guiño; quizás una sonrisa.

—Bueno —le dijo—, finalmente estamos acá.

Después de eso ambos se sentaron en el mueble. Esta vez el padre miró el techo y tamborileó con los dedos de una mano sobre el dorso de la otra. Todo, con el paso del tiempo, amenazaba detenerse en la misma quietud alarmante y seguramente ambos se hubiesen sumido en el silencio una vez más si de pronto el hombre que estaba dentro del cubículo no hubiera empezado a reírse estrepitosamente, a soltar carcajadas feroces mientras gritaba claro, general, ¿cómo sabe todo eso usted?, ya me voy dando cuenta de los cambios, general. Mi amigo y su padre de pronto se miraron y se sonrieron. Cuando la conversación acabó y el hombre abrió la puerta de su oficina, ambos reconocieron su rostro, las secuelas de un acné juvenil, los pelos rizados, el bigote gris.

—¿Él trabaja acá? —dijo de pronto el padre, sorprendido de ver a ese hombre frente a sí, saliendo raudo hacia otra oficina—. Yo pensé que solo en la televisión.

Entonces mi amigo, con cierta paciencia, le dijo a su padre que no, y luego de eso, en un vano intento por llenar el vacío que amenazaba instalarse entre ambos, empezó a explicarle algunas cosas. Le dijo, por ejemplo, el nombre del periodista. Le dijo que escribía una columna muy leída en ese semanario. También le dijo el nombre de esa columna. A veces, en clases, el profesor y los alumnos de la universidad, entre ellos él, analizaban sus textos. Le dijo también el nombre del profesor. El padre asintió a todo ello, y después buscó algo que responder pero no atinó a decir nada, de modo que se quedó callado. Al cabo de un rato se pasó la mano por el pelo y luego miró una antigua araña de luz que pendía sobre sus cabezas; después su hijo hizo lo mismo con el tapiz azul del piso de aquella oficina.

Lo que vino después es lo que quizá me dejó sin palabras luego de que mi amigo terminara de contarme esa historia y ambos dejáramos el sitio que empezaba a ser tristemente trapeado por un anciano y camináramos torpemente por el jirón Rufino Torrico, rumbo a la avenida Salaverry. Podía ver claramente a los dos sentados en ese mueble antiguo durante varios minutos, ya resignados a la distancia que los relacionaba. Nada cambió durante esa nueva espera, excepto que en un momento una persona se acercó a prender la luz que alumbró a duras penas el ambiente y que rescató a mi amigo y a su padre de la oscuridad. Me imagino a ambos apostados a los dos extremos del mueble pensando inútilmente en alguna frase para salvar esa situación o a lo mejor deseando con todas sus fuerzas huir de ahí. A veces alguna persona entraba por la puerta que estaba detrás de ellos y entonces el padre hacía el ademán de levantarse pensando que quizás se trataba de la mujer que los había hecho pasar a la revista algunas horas antes, pero se encontraba siempre con alguien distinto: personal de limpieza, un sujeto de rostro lustroso que llevaba el café, una anciana conducida en silla de ruedas. Después de varias apariciones dejó de pararse y solo se limitó a mirar su reloj de tanto en tanto. Minutos más tarde, quizás presa de un último rapto de valor o de una incipiente indignación, se puso de pie y se asomó durante algunos segundos al pasadizo por donde entraron. Mi amigo lo vio dar una rápida mirada a la oscuridad, regresar y sentarse a su lado.

—Debe de ser una reunión muy importante para que no nos atienda después de tanto tiempo —le escuchó decir, finalmente.

Pero él no respondió nada. El padre, entonces, le dio una palmada de afecto en la espalda y le dijo o quizás se dijo a sí mismo, pero en voz alta, que no había de qué preocuparse, era cierto que era un poco tarde pero ambos estaban *allí,* a la espera de la cita. Él mismo la había confirmado cuando llamó al subdirector la semana pasada. Él mismo le dijo que no quería nada especial, solo que su hijo trabajara allí un tiempo como practicante sin recibir un solo centavo y el señor aceptó, estableció la hora y el lugar. El señor era un hombre de palabra. Él lo había atendido en la pizzería durante muchos años.

Dejó de hablar de un momento a otro, como cortado por algo que mi amigo no fue capaz de precisar. Ciertas personas, pocas, siguieron pasando de un lado a otro de la estancia e incluso el columnista de la televisión entró de nuevo en su cubículo e hizo llamadas a otros generales para averiguar otros datos. Después de eso nada pasó. Ambos permanecieron sentados y en silencio hasta que a cierta hora, cuando estaban ya rendidos sobre el mueble, acaso dormidos, un grito que retumbó en el aire detenido del ambiente los sacudió de su letargo.

Primero alertados, luego confundidos, ambos se miraron a los ojos con mucho esfuerzo en la oscuridad de la sala. Alguien había apagado la luz sin que ellos se dieran cuenta; el cubículo que estaba al frente del mueble en que yacían también se encontraba en penumbras y ya no se sentía el rumor bullicioso de hace unas horas. ¿Cuánto tiempo había pasado? ¿Era cierto que estaba con su padre y había dormido a su lado estos minutos? ¿No había sido un sueño la espera, las bancas del Centro, la revista en la que deseaba trabajar? El padre de mi amigo parecía haber reconocido la voz de quien gritaba, de modo que se adelantó al borde del sofá y luego se puso de pie, contrariado.

—¡Zacarías! —se volvió a oír en el corredor. La voz parecía provenir del interior de una de las oficinas del pasadizo.

El padre de mi amigo se adelantó un paso y le hizo a su hijo el gesto final y casi vacío de que los estaban llamando. Mi amigo, sin embargo, no pudo evitar decirle a su padre que ese no era su nombre, ni el suyo, que ellos no se llamaban así.

—Lo sé —le respondieron.

Mi amigo recordó que después de eso su padre dio un par de pasos con dirección a la puerta y antes de llegar a ella volteó para mirarlo. Le dijo que se levantara, y al hacerlo lo llamó por su nombre, aunque ahora esto a él le sonara absurdo. Lejos, de un modo más apagado, se escuchaba el llamado del subdirector por segunda vez. Entonces mi amigo se puso de pie también y con resignación se acercó a su padre. Ambos dejaron esa oficina y salieron a enfrentar la oscuridad del pasadizo.

Evening interior

El hombre descubrió de un momento a otro que estaba una vez más sentado en ese restaurante, junto a ese largo ventanal, rodeado de las mismas mesas entre las cuales recordaba haberse visto antes. De pronto todo le resultaba nítido, como originado por un golpe de conciencia, pero pese a ello no tenía certeza desde cuándo ni cómo estaba en ese lugar, cómo había llegado tantas veces a él y tampoco por qué se había sentado nuevamente en ese sitio específico. Después de algunos segundos, o minutos, era difícil precisarlo, intentó explicárselo. Primero se dijo que quizás había sido por inercia, por una rutina cansada que lo había cubierto a él como el polvo a ciertos muebles abandonados. Luego aventuró que posiblemente habría sido una noche en que escogió, por una razón que ahora escapaba de su memoria, una mesa distinta a la suya. Desde ella habría encontrado que la imagen que se reflejaba en el ventanal —las mesas vacías, él a un lado totalmente solo— era demasiado triste como para acompañarse de ella mientras pedía un café o se fumaba un cigarrillo. Escogió entonces una ubicación que le permitiera ver el exterior, se acercó a la mesa en la que estaba sentado y desde ahí, como ahora, su mirada atravesó el ventanal a su lado y se perdió en esa oficina del otro lado de la calle: vio, a través del ventanal de esta, apenas ayudado por una luz débil, que estaba casi deshabitada. Solo después descubrió a la mujer parada dentro de ella, al teléfono que estaba a su lado.

Era muy extraño pero tampoco recordaba haber estado en otra mesa y no podía asegurar que el ventanal reflejara, desde el interior de la cafetería, la simetría de los muebles solitarios, la ausencia de comensales a esas horas. No estaba seguro de lo que había vivido. Tampoco tenía a quién preguntar: no había siquiera mozos en el lugar porque quizás, se dijo, estarían cuadrando las cuentas del día en un apartado que él, desde donde estaba, no podía ver. ¿Llamaría a uno de ellos? Se dio cuenta de que, en verdad, no tenía deseos. Y antes de ensayar otra explicación para la situación se percató de que tampoco tenía la voluntad de levantar la taza de café que tenía entre las manos o de llevarse a la boca el cigarrillo que descansaba sobre el cenicero. La luz monocorde de la oficina del otro lado de la ventana, el escritorio de madera, el portalápiz cilíndrico y vacío, la diminuta bailarina de alambres sumida en una quietud alarmante, el teléfono, la mujer que parecía concentrada en él como a la espera de una llamada urgente, imprescindible, ocupaban toda su atención. Le sorprendía notar que, desde donde estaba, quizá por el efecto visual que producían dos grandes ventanales yuxtapuestos a la distancia, el rostro de ella, ladeado de esa manera, no mostrara premura, ni angustia, ni siquiera preocupación; solo una distancia acentuada y una total neutralidad. Se preguntaba por qué, entonces, permanecía todo el tiempo mirando fijamente el teléfono, pero para esa inquietud tampoco encontró respuesta convincente alguna.

Pensó en el café, se percató de que aún estaba tibio, por lo que creyó era el calor adherido a sus manos. Y de pronto se sintió muy solo. Recordó de súbito que siempre le había sorprendido que la mujer no se moviera —sus ojos, por ejemplo, eran oscuros y huecos, parecían no parpadear— y sospechó que de no producirse la llamada telefónica que él no llegaría a oír, sería improbable ver su rostro completo, colmado por la luz de la oficina. Sintió algo de pena y luego se preguntó si después de responder la llamada que tendría que ocurrir tarde o temprano, de hablar con la persona que esperaba, ella reconocería, a través de los ventanales, las luces del restaurante. Algo lo desanimó. Se dio cuenta de que, en tal caso, el espacio en que él estaba carecería de definición. A él mismo le resultaba imposible percibir con nitidez el de ella. Pese a que nunca había dejado de tocarla con los ojos, de observar el color imposible de su pelo y el vacío de su mirada, había algo permanente y a la vez elusivo en los rasgos de la mujer, algo que se desvanecía cada vez que intentaba aislarlos en su mente: siempre quedaba flotando la imagen borrosa de ella apenas acentuada por una luz inconcebible; la silueta ensimismada esperando, durante una noche interminable, una llamada que la obligaba a permanecer allí torpe, absurdamente.

Abandonó la idea de dar una pitada al cigarrillo. Se preguntó quién podría telefonear a esas horas y de pronto sintió una tenue esperanza. Si alguien lo hacía, ella se movería, colgaría el teléfono al acabar la conversación y quizás después lo miraría a él a los ojos: entonces acaso —por qué no, nadie se conocía del todo— él cobraría el valor para salir del restaurante, dejar el café tibio sobre el mantel y el cigarrillo sobre el cenicero y atravesar la calzada para presentarse dentro de la oficina. Vería directamente el rostro —ahora le parecería reconocible— de ella y le diría con cierto humor que todo eso era muy extraño, ¿no?, que dos personas se miraran en una situación así, cada una sola detrás de un gran ventanal en una noche tan fría. ¿Se atrevería? Presintió que fuera del restaurante había un aire distinto. Y entonces sintió temor. Podría ser una excusa, pero sospechaba que algo extraño se había impregnado en la oscuridad de la cual estaba a salvo allí, sentado en esa mesa resaltada por la luz de una pequeña lámpara. Sonrió casi imperceptiblemente: quizá ella lo había visto muchos minutos atrás cuando él posiblemente tomaba su café o recién lo pedía o prendía su cigarrillo. Si había sido así y no había vuelto a mirarlo durante todo el lapso que él había estado observándola, quizás eso se debiera a que su pelo ordenado, su terno plomo, sus maneras rígidas, tenían algo de anodino, de burocrático, y la desencantaron. Observándola allí, en esa urna transparente, ajena al acoso de sus ojos, sintió cierta similitud entre esa escena y algo que le había ocurrido antes, algo parecido a una de esas visiones entre sueños que de pronto se resisten a desaparecer con la vigilia. Entonces se dijo, para atenuar una incipiente ansiedad, que esa impresión se debía solo a algo que había visto alguna vez y que ahora no podía recordar. En verdad no podía rememorar casi nada, así que haber olvidado esa imagen no le pareció, en principio, tan grave. Sin embargo no pudo eludir esa angustia y, en el lapso de lo que creyó eran algunos segundos, la sintió crecer en su interior. Para esquivar su desasosiego se le ocurrió que quizás el origen era alguna imagen vista en otro sitio, una fotografía, un cartel, un aviso o una pintura con una atmósfera parecida a aquella que lo rodeaba. Inmediatamente, como lanzado por un resorte, le sobrevino el recuerdo nítido —esta vez sí— de un grupo de pinturas en las cuales un resplandor muy puntual rescataba a algunos seres o cosas de la soledad de la noche o del día, y a la vez los condenaba a esa soledad. Pese a esa definición y a sus posteriores esfuerzos, el hombre no pudo recordar si todos esos cuadros tenían un mismo autor; sin embargo, tenía más claro que en todos ellos se había establecido una complicidad muda entre personas distantes unas de otras, separadas por escaparates, desplazadas en una ciudad que, de no ser por ellas, se podría tomar por muerta. El aire era pesado en esos sitios, recordó luego, y hacía temblar todas las cosas como si respiraran detrás de un velo finísimo. Entonces le pareció posible determinar cómo lo habría percibido la mujer cuando lo vio allí, solitario y ausente detrás de la ventana: habría visto la imagen de un hombre sentado y ensimismado que miraba cómo un cigarrillo se consumía sobre un cenicero; había visto también la taza —¿vacía?, ¿llena?— sobre un mantel lila y tomada por unas manos solemnes; habría visto varias mesas detrás del hombre, todas vacías. ¿Tenía reproducciones de esas pinturas? Apenas pudiera salir del café procuraría ver los libros en que, no recordaba cuándo ni bajo qué circunstancias, había encontrado esas imágenes. Se preguntó si a esas horas toda la ciudad luciría de aquel extraño modo y casi en ese mismo momento fue presa de la seguridad de que sí existía el creador de todas esas imágenes, podía jurar que tenía su nombre adherido a los labios. Inmediatamente el hombre ensayó algunas aproximaciones, unió ciertas sílabas, pero no podía recordarlo pese a que en su mente, con mayor claridad, le era posible repasar una a una las representaciones de sus pinturas: recordaba, a pesar suyo, al hombre que se apo-

yaba en uno de los surtidores de una estación de gas; la
mujer sobre un sofá, vestida de rojo, que escudriñaba
por una ventana el perfil diurno de la ciudad; varias
personas como aves nocturnas que tomaban café, como
él, protegidos de una noche acezante. Sintió entonces
que sus pies no pesaban. Pensó que se debía a que había
permanecido mucho tiempo sentado: estaría adormecido. Entonces un deseo mayor se apoderó de él y se abo-
có a la tarea de recordar algún cuadro que guardara un
parecido con esa mujer incapaz de desenredar su mirada del teléfono. Se concentró todo lo que pudo pero no.
No lo recordaba. Se preguntó entonces, consciente de
pronto de que la angustia no lo había abandonado, si
acaso no había visto entre esas pinturas una parecida a
la de un solitario hombre de terno plomo que, entre las
mesas desiertas de un restaurante, miraba a la calle a
través de una gran ventana. O más bien, una de un
hombre en esas circunstancias pero visto desde el ángu-
lo contrario, contemplando absorto, allá fuera, a través
de una calzada oscura, a una mujer tan sola como él en
medio de una oficina prendida a una hora incomprensible. Se vio en esa última imagen y sintió vértigo, com-
probó que miraba desde dos perspectivas todas las cosas a la vez, como presa de una visión binocular y que
los dos puntos de fuga de las imágenes coincidían en
uno solo. Los veía desde sus propios ojos pero también
los veía desde los ojos de otro, y en esa última visión
aparecía él de espaldas. Tuvo miedo por la naturalidad
con que dividió en dos la percepción de todo lo que le
rodeaba. Decidió entonces, con temor, con una incipiente desesperación, que había sido suficiente, que no
iba a probar el café y que llamaría al mozo (no recordaba su rostro ni cómo se llamaba ni cómo se vería su cha-

queta —¿azul?, ¿blanca?— contra el fondo de manteles lilas que lo rodeaban). Iba a soltar la taza y a levantar el brazo para pedir la cuenta, iba a pronunciar algo, iba a romper la quietud que lo impregnaba todo cuando se percató de que así, desdoblado, era víctima de una incorporeidad, un no ser, una suerte de escalofrío suave e interminable. No tuvo deseos de llorar. Ni de gemir. Ni de deshacer el silencio que recién notaba materialmente alrededor de su cuerpo. Solo sintió un incomprensible y moderado placer en la experimentación de esa derrota reciente. Entonces se dijo, ya sosegado, acaso para reanimarse, que en verdad prefería mantenerse a la espera de que en algún momento la mujer volteara hacia él. Poco le importaba ya que tuviera que quedarse así por mucho tiempo, que el mozo sin nombre no apareciera, que no apagara de una vez por todas las luces o que, incluso, él nunca probara el café que ahora sentía disociado de sus manos. Total, pensó, el cigarrillo no se terminaría de consumir.

María José

Ahora que lo recuerdo, aquella llamada me sorprendió como ninguna. Para empezar, la voz que me hablaba del otro lado del celular, una voz de mujer, me resultó irreconocible:

—¿Gabriel? —alcancé a escuchar.

—Sí, él —respondí.

—Hola. Es María José.

—...

—María José, ¿te acuerdas?

Pero en verdad no me acordaba y me tomó algunos segundos encajar ese nombre en alguna persona que conociera en ese momento o en alguna que hubiera conocido en algún momento de mi vida. María José. No, definitivamente no lo reconocía. Sin embargo, segundos después, al escucharle decir que había sido una compañera mía de la universidad, que incluso había sido amiga mía por aquellos años en que éramos adolescentes, la recordé de una manera tan nítida que me asustó.

—María José —le dije después de vacilar—, claro que me acuerdo.

—He vivido fuera mucho tiempo —respondió—; por eso te olvidaste.

—Puede ser, sí.

—...

—Imagino que estás de visita.

—No. Desde hace un año vivo en Lima.

No sé qué le dije en ese momento. Al principio me sentí aturdido, y no me podía expresar con comodidad. Solo después de escuchar sus excusas y explicaciones —desde que llegó al Perú había pensado llamarme pero no encontraba cómo y una vez que tuvo mi número telefónico entre sus manos pospuso la llamada una y otra vez por razones sin importancia— me pareció de pronto tan natural estar hablando con ella que en un momento me encontré diciéndole que cómo se había desaparecido así sin avisar, que cuándo nos podíamos ver. Ella me dijo que precisamente por eso me llamaba, podríamos citarnos el fin de semana, sabía que trabajaba para un periódico, ella lo hacía en una ONG de estudios de género, ella tenía mucha curiosidad por ver cómo estaba, si había cambiado mucho. No supe qué decirle. Cuando terminamos de hablar me pregunté qué mecanismos me habían llevado a olvidarla, cómo así la había borrado de mi mente cuando ella no solo había sido parte de mi vida sino alguien casi central en aquellos días de la Universidad de Lima en que yo me preparaba para ser el periodista que ahora era casi contra mi voluntad. Me di cuenta de que había caminado varias cuadras sin rumbo por las calles contiguas a mi casa mientras había hablado con ella. Sentí entonces unas ganas inexplicables de ver el mar.

Durante los días que siguieron a esa llamada la imagen de María José se me presentó una y otra vez, de un modo casi natural, inevitable, y la verdad es que no supe explicarme bien por qué. Ya para entonces tenía veintisiete años, había mantenido dos relaciones muy largas, había intentado convivir una vez, me había enamorado y desenamorado las veces necesarias para no sentirme miserable por estar solo y para tener en claro que lo que pasó entre María José y yo —si es que algo ocurrió, porque con el tiempo me di cuenta de que nada había sucedido— tenía un valor insignificante: la historia predecible de un adolescente gris que es tratado como amigo por una chica que él, por su edad o sus complejos, asume inalcanzable; el proceso triste a través del cual un muchacho disminuido construye la posibilidad remota de una relación allí donde no hay nada. Nada más. Y yo lo sabía. Pero extrañamente algo me inquietaba de todo ello.

Lo que siguió durante todos los cierres de edición del periódico, incluso mientras hacía las tareas que exigían la mayor atención, fue un regreso obstinado a María José. No encontraba motivos reales para que me llamara después de tantos años. Seguramente se acordaba de mí con cariño, pero durante su estadía fuera del país jamás me mandó una postal, un mensaje o algo parecido. ¿Por qué, entonces? En los descansos empecé a rememorar nuestra historia en busca de respuestas y encontraba que si había existido alguna era exclusivamente mi historia. Y era particularmente penosa.

Cuando ella me conoció yo acababa de raparme el pelo porque en un momento me harté de mi aspecto o porque creía que me había dejado de importar: mi rostro había sido lacerado por un acné que terminó borroneando todos mis rasgos, era dolorosamente flaco y por momentos llegué a pensar que llevaba la vida de un animal invertebrado. Mis días consistían en caminar cerca de una hora y media, de mi casa a la universidad ida y vuelta para no pagar pasajes, buscar espacios solitarios en los edificios para mirar pasar los autos por las avenidas entre las clases, leer sin ganas textos intragables para mantener una beca que casi siempre me parecía absurda y vestirme con resignación: chancabuques en cualquier estación, dos jeans fuera de talla, polos con inscripciones de cervezas o de gaseosas siempre mucho más grandes que yo y una chompa de diseño incaico tejida por mi madre. Nada me hacía especial, pensaba, o a lo mejor eso me hacía especial. No lo sé. Ahora que había recibido la llamada de María José empezaba a pensar en ese tipo de cosas. Luego de un rato terminaba diciéndome, para animarme, que definitivamente ya no *era* el mismo.

Sin embargo temía la posibilidad de que ella no se diera cuenta de ningún cambio si me veía ahora, luego de casi ocho años. María José era lo suficientemente despistada para no darse cuenta de nada. En todo el tiempo en la universidad apenas llevé un curso con ella. Era amiga de un grupo de chicas que estudiaban conmigo el primer semestre de facultad y, aunque le tocaba llevar solo cursos de Estudios Generales, había decidido adelantar uno porque quería terminar la carrera cuanto antes. La primera vez que la vi me pareció realmente estúpida: farfullaba sin tregua una sarta de disparates entre un grupo de amigas, contando de modo desarticulado lo que ella decía eran las desventuras que le habían sucedido ese día; me pareció que estaba ebria, pese a la hora, o que quizás estuviera sedada. No sé. Ahora que lo pienso, las chicas a su alrededor la miraban con la compasión de quien carga la responsabilidad de atender a una persona solo porque ha estudiado con ella en el colegio y ha terminado por asumir su compañía como algo irremediable.

No sé si un día ella me saludó. O nos miramos y simplemente nos sonreímos. Lo que tengo claro es que mientras ese ciclo avanzaba yo empecé a esperar entre clases a que apareciera por la facultad para verla. Me decía que estaba intrigado por su aspecto: no había nada en su físico, en verdad, que llamara demasiado la atención, pero con el paso del tiempo me empezó a parecer una chica realmente particular. Después de observarla algunas veces me dije que quizás era la ropa: vestía de un modo ascético y siempre de negro: un jean, un polo de hilo, una chompa delgada, un saquito a la cadera. Yo me sentaba en una de las escaleras de la escuela, solo, y a veces cuando las cosas se me daban tenía un pucho en la boca. Ella también fumaba. Y mucho. A veces parecía tener mucho tiempo que perder. Así que una vez la tuve delante hablándome, deshilvanando todas sus ideas y viendo junto a mí cómo se le caían al suelo. Las observábamos ahí, desmadejadas, y luego ella me miraba con un gesto que a mí empezó a parecerme irresistible. Muchas veces me invitó puchos, y después pasó a comprarme empanadas también. Ahora que lo pienso, creo que simplemente buscaba a *alguien* que la escuchara.

Una vez, de repente, a la salida de una clase, me encontré con que María José me esperaba para conversar o para que la acompañara a hacer algo. En una ocasión perdimos toda la tarde caminando por la avenida Javier Prado porque le dije que yo lo hacía todos los días y ella quería saber qué se sentía; otra yo perdí todas mis clases acompañándola a conseguir una revista con unos diseños nuevos de muñecas japonesas. Otra vez nos la pasamos buscando en plena avenida Colmena, adonde iba yo a comprar casetes, discos de Hank Williams, un músico de country que a mí, en ese momento, me pareció un invento torpe para perder la tarde y que, por supuesto, jamás hallamos. Recuerdo que me sorprendió su manera impasible de fumar yerba y manejar a la vez un viejo Datsun de 1970. A veces sucedía simplemente que yo me encontraba sentado en una esquina, mirando a la gente conversar en las escaleras o en la rampa de la facultad y sonreía para sentirme bien, quizás para demostrarle a alguien que estaba bien solo entre tanta gente y de pronto esa sonrisa que forzaba era verdadera porque ella se acercaba sonriendo a mí, se desprendía de un grupo de gente y venía a quedarse conmigo. Entonces me di cuenta de que María José tenía un extraño encanto y en su rostro había una forma de belleza también. Me di cuenta de que yo era un muchacho acompañado de una chica que caminaba por los pasadizos y los jardines de la universidad fumando puchos y hablando. Nadie sabía que por lo general yo la escuchaba hablar sin parar y asentía a todo cuanto decía, aun cuando muchas veces me parecieran solo disparates.

Sin embargo uno de esos días, sin ninguna razón, como sucede a veces en este tipo de relaciones circunstanciales que no están pegadas sino con babas, ella se esfumó para no aparecer nunca más. Fue muy extraño. No solo porque lo hiciera sin previo aviso, de buenas a primeras, sino porque yo no pude hacer nada frente a ese hecho, y me tuve que acostumbrar a él como a todas las otras pequeñas desgracias de que estaba hecha mi vida. Al menos esta resultó una derrota imperceptible de la que nadie se enteraría jamás. Nunca, por supuesto, me habría atrevido a preguntar a nadie por ella, a demostrar siquiera el menor interés por su ausencia.

Pero entonces —lo recordaba por esos días tras la llamada de María José, quizás porque ahí radicaba la explicación de mi obsesión repentina por ella— sucedió algo que no había previsto. Incluso hoy no tengo palabras para explicarlo, pero casi imperceptiblemente, de un día a otro, alguien me saludó por mi nombre. Y después alguien más. Durante algún tiempo lo atribuí a mis intervenciones ampulosas en clase, o a que algún compañero escuchó las imitaciones que hacía de los profesores y la manera en que construía diálogos ficticios entre ellos y corrió la voz. Después creí que se trataba de mi historia personal, la de mi familia: se había esparcido entre mis compañeros, despertando entre ellos una suerte de solidaridad. Ahora me doy cuenta de que simplemente ocurrió porque en esos días la idea de que formábamos una «promoción» se empezó a consolidar entre todos y en ese esquema había un puesto destinado para mí. Lo cierto es que de pronto la ropa, la zozobra, la falta de plata para poner las cervezas, las palabras a veces punzantes, el pelo rapado, el físico extravagante, eran míos. Solo después de ese proceso, cuando ya me hablaba con las amigas de María José, supe que ella había dejado la universidad y el país porque se había ido a estudiar sociología en la Universidad de São Paulo.

Ahora que lo pienso, veo que quizás esa llamada tardía de María José por aquellos días en que era periodista me sobresaltó porque ese trance de esperar a verla para demostrarle un cambio en mí ya lo había vivido antes, bajo otras condiciones por supuesto, en esos años de la universidad. Debió de ser así porque de pronto me vi de diecinueve años buscando una camisa de manga larga que me había comprado mi hermana, la única que tenía, y manejando una bicicleta rumbo al campus con mucho nerviosismo porque María José se encontraba en Lima y había anunciado que iba a ir a saludar a todo el mundo en la facultad. Aquella vez llegué a la universidad sudando pese a todos mis esfuerzos por manejar despacio. Mientras esperaba sosegarme para controlar mi respiración y verme librado del sudor que corría por mi espalda, me di cuenta de que una ráfaga de barro había manchado mi espalda. Regresé a casa en silencio, con un nudo en la garganta, maldiciendo impotente la lluvia de la noche anterior y la falta de tapabarros en mi bicicleta.

Ese tipo de recuerdos, a la distancia tragicómicos, terminaron por acompañarme en todo momento: yendo en el taxi a mi casa las tardes en que salía algo temprano del trabajo, en la unidad móvil del diario rumbo a alguna comisión, apenas me echaba en la cama del piso que había alquilado lo más cerca que pude del mar. Me había acostumbrado tanto a ellos que cuando un jueves en la noche, entre las llamadas que recibía muchas veces al día al celular —algún congresista de oposición presentando una denuncia, el jefe de mi sección asignándome una entrevista con un nuevo funcionario—, escuché la voz de María José saludándome, no me sorprendí casi nada.

—Creí que ya no me llamabas —le dije, me parece que por decir.

—Cómo no iba a hacerlo, si me muero de ganas de verte.

Seguramente me quedé callado después de eso; seguramente hablamos un par de pavadas.

—Qué tal si nos vemos mañana y vamos a casa de Rita —me dijo, de pronto, o quizás no y es la oración que se viene a mi mente—, ¿te acuerdas de ella? Es su cumpleaños.

Me acordaba, sí; Rita era una de sus amigas de aquellos días, una chica que se fue a Los Ángeles con la ilusión de hacerse cantante; si cualquier otra persona me hubiese hablado de ella no la hubiera podido recordar.

—No sabía que vivía en Lima.

—En Florida, pero está de visita. Ya sabe que pienso ir contigo y le parece perfecto; también quería saber qué había sido de ti.

Me muero de ganas de verte. En un momento, no sé escribirlo bien, quería acabar de una vez la conversación. Le dije que muy bien a todo y quedamos para ese viernes. Después de colgar hice como si la conversación y la cita del día siguiente fueran una cosa de nada: dos personas que no se han visto durante algunos años, que compartieron algunas experiencias juntas, han quedado para mirarse las caras, y seguramente han cambiado. Eso era todo. Me ocupé de otras cosas, intenté pensar en algo distinto, pero rápidamente me di cuenta de que ese encuentro en verdad era inevitable, iba a pasar, es decir, en algún punto del futuro muy próximo nos íbamos a encontrar *realmente* una vez más, y entonces esa ansiedad que había estado germinando dentro de mí se convirtió en una sensación de angustia. Seguía sin entender qué era lo que pasaba. ¿Por qué? ¿Por qué me habría dicho «me muero de ganas de verte»? ¿Por qué tenía esperanzas de algo? ¿Porque estuviste enamorado de María José alguna vez? ¿Lo estabas ahora? Me reía de las propias ideas extremas, neuróticas, que solo a mí se me podían ocurrir. Era imposible cualquiera de esas posibilidades: se trataba solo de una historia no resuelta en mi vida; se trataba simplemente de dejar que las horas pasaran una tras otra y que, como fuera, las asumiera hasta el momento de verla. Entonces todo se esfumaría como por arte de magia. Y ya.

A las diez de la noche, como estaba previsto, llegué a casa de María José en un taxi después de seguir las instrucciones que ella me había dado por teléfono. Intenté pensar en nada mientras el carro atravesaba la avenida Benavides rumbo a la Panamericana: solo cuando estaba a unas cuadras de su casa me di cuenta de que había estado ahí antes, en otra oportunidad, y que por lo tanto todo lo que me pasaba se parecía mucho a una experiencia ya vivida. Fue absurdo: decidí bajar del carro una cuadra antes, y al caminar hacia la que casi por inercia sabía era su casa me vi frente a esa ancha puerta de madera otra noche similar a aquella, llamándola y acompañado de alguien más, pero no recordaba de quién ni en qué año de la universidad fue, ni si ese día llegamos a vernos y entré. El perro ladró casi cuando estaba sintiendo la necesidad de que ladrara, y una vez que las luces se prendieron, tal como esperaba y temía, salió María José. Nos saludamos teatralmente, ficticiamente, y mientras nos decíamos las frases de rutina, ¿cómo has estado?, ¿qué haces?, cuánto tiempo sin vernos, mientras nos separábamos y nos mirábamos con detenimiento y leíamos la sorpresa del otro como adivinando también qué cosas de uno mismo eran las que habían cambiado, pensé en lo irreal que me resultaba María José ahora, en lo absolutamente distinto que debía de parecerle yo a ella. Y entonces todo me pareció fuera de la vigilia; como si en verdad no estuviera ocurriendo.

María José, claro, ya no vestía de negro y lucía más alta: llevaba puesta una chompa de cuello tortuga de un color muy llamativo, aunque ya no recuerdo cuál; estaba maquillada; sus ojos, ahora resaltados, parecían de otra persona, y sus labios también, como despegados de la piel de su rostro; también me pareció más delgada, quizás por la talla que tenía, y sus rasgos no parecían corresponder mucho a los de aquella chica que conocí, pero a la larga resultaban ser de ella. Su voz, inconfundiblemente, era su voz. María José me invitó a subir a su carro —no me sorprendió, claro, que no fuera el viejo Datsun negro— y se sentó a conducir.

Mientras nos alejábamos de las casas de su barrio y manifestábamos insistentemente nuestra sorpresa y sonreíamos por el espejo, o intentábamos sonreír y no podíamos evitar repetir ese tipo de preguntas que a esas alturas ya debíamos haber dejado atrás, yo intentaba organizar toda esa nueva información, explicarme rápidamente cómo se había convertido en eso que era ahora. Pero en ese momento no tenía recursos para responderme. O quizás concentración: ella me ametrallaba de preguntas mientras conducía: ¿cómo así había ganado peso?, ¿cómo así me había dejado el pelo más largo, cómo era que lucía tan *distinto,* tan lejos del Gabriel que ella había conocido? A veces yo miraba por la ventana del auto hacia el exterior y de pronto podía verme a mí mismo desde el punto de vista de ella: mi jean, la chompa ploma cuello tortuga también, la casaca, los zapatos. Primero me maldije por haber cuidado tanto mi aspecto para esa noche, pero al ver que ella también estaba muy arreglada me tranquilicé. Después, por causas que no entendía muy bien, verme así, con el brazo derecho extendido fuera de la ventana de su auto y mirando las casas pasar, me produjo una suerte de tristeza.

María José hablaba con la misma velocidad de hacía varios años. Formulaba a la vez varias preguntas y yo las respondía lo mejor que podía, muchas veces con lugares comunes o con vagas generalizaciones. Le tuve que decir que no, no sabía absolutamente nada de Guillermo, ni del chato Juan, ni de Melisa ni de las otras personas que habían estudiado con nosotros en la universidad. Antes de responderle otras más que había dejado en el aire le dije que ella tenía que responder las mías. Mientras lo hacía, no sin antes pedirme disculpas por ser tan habladora, repasé con más detenimiento las razones de esa irrealidad: su cabello seguía siendo negro y lacio, pero esta vez se veía brillante, llevaba unos aretes sofisticados y su risa era impecable, casi la había olvidado; a su lado había un gran saco de cuero negro que había traído en el brazo cuando salió de su casa y al que no le había prestado ninguna atención hasta entonces. Recuerdo que repasando sus facciones y la manera dulce con que me hablaba y manejaba su carro, sintiendo el suave olor de un perfume que jamás podría reconocer, me dije que a su modo María José siempre había sido, era en ese momento, una mujer hermosa, distinta. Luego me reí de esa idiotez.

El automóvil avanzó por Surco, Miraflores y se internó en San Isidro: no era necesario detenerse en ningún lugar a comprar algo, en la casa de Rita no faltaba nada, como siempre. Quizás todo se activó con ese «como siempre», y después de ello fue que empecé a experimentar una vez más la sensación irreversible de un *déjà vu,* de que la ruta que tomábamos, el sitio al que íbamos, el número de cuadras que faltaban, los conocía de antemano. Ese parque me era familiar, torcer por esa calle era lógico y ahora enfrentaríamos una subida, las cosas empezaban a sucederse en el mismo orden en que brotaban en mi memoria. Sí, había estado en la casa de Rita antes y lo había olvidado por completo; era increíble. Se lo dije a María José. Era increíble. Ella me respondió que habían transcurrido muchos años y esas cosas a veces pasaban. Pero de pronto yo entendía que en buena parte era precisamente eso lo que había estado temiendo desde días atrás. Y recién se me anunciaba.

Primero fue el portón de la casa de Rita abriéndose y Rita saludándome efusivamente y el descubrimiento, de que Rita seguía teniendo esos rasgos agudos, ese pelo artificialmente rubio, esa manera de reírse de hacía tantos años. Después, luego de traspasar el paredón de madera, la triste conciencia de que en efecto había estado en esa casa algunas veces antes, en reuniones exactamente similares a esa, y que esta vez no había manera de dar marcha atrás. Ahí estaba el garage con los carros de la familia de Rita y el jardín largo a la manera de un enorme corredor al lado izquierdo de la casa; un camino puntuado por focos resplandecientes que estaban erguidos sobre los altos muros y a través del cual se llegaba a un jardín extenso sobre el cual esta noche estaban emplazadas una pista de baile y las mesas con manteles blancos. Reconocí la piscina en forma de media luna al lado de una caída de agua, el bar al otro lado del jardín; a la derecha, una terraza en la cual un nutrido grupo de gente adulta tomaba y comía; más allá, detrás de unas grandes ventanas corredizas, el interior del hogar. En verdad lo prefiguré todo en mi mente antes de verlo, y mientras lo veía me pregunté qué iba a hacer las horas siguientes, cómo diablos había llegado ahí, a ese sitio, rodeado de esos mozos que se paseaban por el jardín sirviendo bocadillos y esas personas que bailaban merengue con vasos de licor o cigarrillos en la mano.

Trataba de encontrar soluciones cuando reconocí, entre la gente, a Ivana y a Carmela, y me di cuenta por sus rostros de que se estaban preguntando exactamente lo mismo que yo. ¿Qué haces por acá, Gabriel?, me dijeron, a los años que se te ve, te dábamos por muerto, qué bestia, no te vemos desde, bueno, desde que acabamos la carrera, ¿no? Estaba por responderles cuando un chico de camisa apretada y cuerpo atlético se acercó a Rita diciendo mil cosas que no alcancé a entender. Ella me dijo que era caribeño y le dijo a él que quien estaba ahí con ellos era Lisboa, el «chico becado» de la Facultad. El hombre me estrechó la mano con una rudeza inconsciente. Yo intenté sonreír como pude, pero seguramente compuse un gesto forzado que solo revelaba deseos incontenibles de ocultar el rostro.

Hubo una breve salva de preguntas que intenté absolver sin decir mucho de mí: sí, quizás me habían leído en el periódico, sí, aún seguía trabajando en eso. No, para nada; nada especial. La gente se dispersó gradualmente y de pronto me encontré parado frente a Ivana, que me contaba su experiencia como gerente de banca personal desde que dejó la universidad; me decía cómo había creído falsamente que el trabajo en el banco estaba divorciado de las comunicaciones y de qué modo había terminado integrando todo cuanto había aprendido en la facultad con el trato que mantenía con los clientes exclusivos a los que atendía. Había descubierto su espacio y se sentía realizada, me dijo, y además no menos comunicadora que antes. A mí, de pronto, en medio de la perplejidad, no me quedaba más que asentir, sentir el frío del vaso de ron en la mano y mirar mis zapatos y el gras debajo de ellos.

—La banca es un terreno fascinante —me decía.

Veía a Ivana hablarme y recordaba una serie de otras reuniones de ese tipo en las que había estado hacía algunos años. Me dije que la ansiedad que estaba empezando a sentir se debía posiblemente a *eso*, al viejo temor de quedarme solo en ocasiones así. Esos eventos, una vez parte del grupo de alumnos de la facultad, me costaron demasiado. En todos ellos se dio siempre una mecánica mortal de la que, al parecer, según entendía ahora, nunca me recuperé. El primero, por ejemplo, ocurrió precisamente en casa de Ivana: llego premeditadamente tarde y con una bolsa de hielo en la mano. La dejo en la cocina junto a los tragos y vasos que la gente ha traído para servirse durante la noche. Apenas entro al sitio donde están los demás, una metralla de gritos y saludos me recibe. Todas las compañeras de mi clase están arregladas y algunas de ellas me parecen francamente bonitas; mis compañeros visten de una manera menos prolija y después de verme entrar algunos se acercan a abrazarme, a saludarme. No hay mozos esa noche, es cierto, debe de ser una reunión de amigos, por fin de exámenes parciales, pero los demás elementos se mantienen igual y yo en ese momento los desconozco casi todos, aunque finjo indiferencia. Todos me preguntan cómo así me animé, no me esperaban, temían que me echara para atrás, y de pronto siento que acaso soy algo así como el centro de atracción de la reunión; después de unos minutos, cuando todo se normaliza y la conversación pasa por temas que no pertenecen al estrecho mundo de la universidad, empiezo a quedarme sin ideas y termino escuchando conversaciones entre otras personas y asintiendo toda la noche. La mayoría de cosas que oigo me aburren porque me digo a mí mismo que parecen muy elementales, pero en verdad es porque simplemente no las conozco. Sentía que algo de eso se empezaba a repetir ahí, en frente de Ivana, en medio de esa reunión; en un momento, cuando me informaba de lo que habían hecho todos los otros miembros de la promoción —varios se habían casado y tenían hijos y algunas chicas se dedicaban íntegramente a ser madres y esposas—, hubiera preferido sinceramente quedarme solo.

En algún momento tuve que sentir ganas de ir al baño o decir que las sentía. Una vez allí me demoré todo lo que pude mientras veía mi rostro en el espejo y me preguntaba qué había pretendido María José con todo ello: llamarme para salir después de tantos años, decirme que se *moría de ganas de verme*, llevarme a esa reunión y dejarme solo en ella, librado a mi suerte. No lo entendía bien. Salí sin ninguna idea clara y una vez fuera me encontré con Rita, que me preguntaba si me sentía bien, si quería un vodka, si podía presentarme a sus padres. Le dije que bueno, sí, y de un momento a otro estaba sentado en uno de los sillones del interior de la casa, con un vaso en la mano y frente a un hombre de unos cincuenta años, más alto que yo, de gestos vigorosos y voz muy clara. Rita le había dicho: «Papá, este es el chico del que te hablé algunas veces, no sé si lo recuerdes, Gabriel, el chico de la promoción, ¿te acuerdas?». Y el hombre me había mirado a los ojos con un gesto diáfano y cercano, me había tendido la mano y después me invitó gentilmente a tomar asiento.

Empezaba a sentir la nuca adolorida de tanto asentir esa noche y me encontré de pronto recorriendo involuntariamente las paredes de la sala mientras hablaba con el padre de Rita. Reconocí algunas copias de cuadros indigenistas y miré de soslayo una serie de fotografías con puestas de sol en la playa. Durante un lapso que no podría definir, mientras respondía a algunas de las preguntas que el hombre me hacía, presté atención a la reproducción de un cuadro que acaso fuera de Hopper: un tipo sentado en un restaurante vacío miraba a través de una ventana muy grande una oficina iluminada al otro lado de la calle. En ella se veía a una mujer que estaba concentrada en algo que parecía ser un teléfono. Por un momento deseé ser ese hombre.

—Mi esposa es muy aficionada al arte —esché decir al hombre.

—Yo también —dije, por decir algo; me arrepentiría toda la noche de lo que añadí luego—. Durante un tiempo escribí sobre esos temas.

El hombre me pidió un segundo y luego de un minuto llegó a la sala acompañado de una mujer delgada y de pelo corto que era la madre de Rita. No siempre se encontraban personas interesadas en el arte. La mujer me preguntó en dónde había escrito columnas de arte. Le dije dónde. Luego me preguntó cuál era mi nombre. Le respondí.

—¿Gabriel Lisboa? —repitió inmediatamente, con un tono que no supe definir—. ¡Yo me había imaginado que era un crítico mucho mayor!

No supe cómo tomar ese comentario. Dije que en efecto era yo, pero cuando agregaba que no estaba seguro de ser crítico como ella creía, la mujer le contaba a su esposo que yo era precisamente el crítico de arte que ella leía a veces antes de ir «de galerías»; la revista en la que yo escribía era útil porque ofrecía una completa guía de salas, de horarios y de exposiciones. Qué pena que la hubieran cerrado, ¿a qué se debía? A propósito, no hubiera sospechado que el autor de esas columnitas fuera el mismo Gabriel del que Rita le había hablado algunas veces.

Había terminado de explicar las causas del cierre de la revista cuando el hombre me informó con solemnidad y cierto orgullo que las fotografías que adornaban los espacios de la casa habían sido hechas por la mujer que estaba a nuestro lado. Entonces no hubo escapatoria posible: la madre de Rita me pidió que le diera una opinión honesta sobre su trabajo con tal ilusión que resultó imposible negarse. De un modo terriblemente incómodo, vasos de whisky en la mano —creo que a esas alturas iba por el tercero o el cuarto—, los tres recorrimos la casa para apreciar las imágenes: delante de mis ojos vi desfilar una serie de bonitas y predecibles vistas que incluían rocas, caídas de sol, aves, algunos animales y personas a contraluz caminando o retozando en la arena de ciertas playas que parecían del norte del país en las que, imaginé, la familia tendría casas de verano. Asentía ante cada foto y mientras caminábamos en silencio hacia otra imagen intentaba construir un discurso sobre ese trabajo que se desvanecía al instante por completo. Por momentos comentaba detalles técnicos, el tipo de lente, de papel, y en cierto instante me referí como pude a la «belleza» de los espacios.

Finalmente solo atiné a decir que la señora había «capturado» muy bien los diferentes matices de la costa peruana. Cuando ella, acaso intrigada por ese comentario, me dijo a bocajarro si algún día podría exponer, le dije que sin duda, había espacios en los cuales su trabajo podría ser admitido. Yo, lamentablemente, me había alejado de ese circuito después del cierre de la revista. Ahora me desempeñaba como redactor de la sección política.

—Así es el periodismo —agregó el hombre.

—Es como un ejército —añadí.

A esas alturas la velada estaba más que muerta y ya no había mucho que hacer: había sido un completo idiota al aceptar la invitación de esa noche. Me lo repetía cada vez que, como para recordarme el fracaso, María José o Rita se aproximaban a nuestro sitio, yendo y viniendo de la cocina al jardín de afuera, y soltaban algún comentario vacío para mí o para los padres. Me sentí ridículo al haber sido relegado a aquel lugar. Cuando estaba resignado a hablar un par de horas más sobre la situación política, la nueva crisis ministerial, la estabilidad económica, y a marcharme del lugar y olvidarme de todo lo que había pasado durante esa velada absurda, María José se acercó y se sentó a mi lado, me preguntó cómo estaba y yo no atiné a decirle nada, totalmente bloqueado. Luego dije que muy bien. Noté que ella también había tomado; se quedó sentada sobre uno de los brazos del sofá y de pronto había colocado una mano sobre mi hombro. Inmediatamente los señores me agradecieron por haber ido al cumpleaños de Rita y por la conversación, estaban cansados, sus familiares ya se habían ido, se iban a acostar, la noche era de los jóvenes. Cuando finalmente se fueron y me quedé solo con María José, una parte de mí pensó que era como si la noche recién empezara, pero de alguna manera, también era consciente, solo estaba agonizando. De pronto llegó Rita y lanzó el reto, nos sentó en la mesa contigua a la sala y sirvió el tequila, dejó la sal y el limón y salió hacia fuera, en donde los chicos bailaban y ya empezaban a corear las canciones.

—Ahora sí tú y yo vamos a conversar —dijo de pronto María José, terminando el tequila que tenía entre manos de un sorbo.

Me sorprendió su seguridad, su resolución, y también ese cambio repentino de actitud. Me dije con pena, mientras la escuchaba hablar de modo atropellado, que ambos no éramos en definitiva la chica y el chico de hace tantos años y me sentí miserable por eso. María José me miraba a los ojos a veces, parecía intuir que hablaba conmigo pero algo en su voz, en sus maneras, algo detrás de su cabello tan cepillado, de su chompa lisa pegada a la cintura y a sus pechos, algo que provenía de sus piernas tan rigurosamente cruzadas, delataba que conversaba con un extraño. No me dejó hablar. No me dio respiro. Yo preguntaba algo insignificante, ¿qué tal Brasil?, y lo que recibía era una andanada de información sobre la particularidad de la *saudade,* las zonas liberadas de Río, los fundadores del tropicalismo, la música nordestina, la economía del sertón. Poco a poco me sentí desalentado por esa cháchara continua ejecutada con las ansias de quien está rindiendo un examen, de quien quiere demostrarle a alguien o demostrarse a sí mismo lo provechoso que resultó todo ese tiempo fuera del país, de quien quiere eludir algo, dejar de hablar sobre algo.

En un momento la interrumpí y le pregunté si quería saber algo de lo que me había pasado a mí. Ella se detuvo, aterrada, y después de disculparse me pidió que por favor se lo dijera. Creo que fue entonces cuando, quizás ya presa de la necesidad de contarle algo importante, o de decirle *algo,* eché mi última carta: primero me quejé de mi trabajo, luego del periodismo en general, y al ver que no reaccionaba y que solo me miraba con una sonrisa hueca, decidí decirle que pensaba dejarlo todo un día, que *escribía.*

María José no pareció sorprenderse de ello y de pronto me confesó que siempre había tenido la sospecha, desde que me veía solo y sentado en las bancas al frente de la facultad, de que algo en mí apuntaba para poeta o filósofo. Nos reímos ambos de la ocurrencia, y ese debió ser el momento en el que más cerca estuvimos de aquello que había pasado entre nosotros y que ahora, en el transcurso de la noche, se me estaba revelando gradualmente. No me animé a añadir nada más sobre el tiempo en que nos conocimos ni en lo que pensábamos entonces; no habíamos sido enamorados ni esposos que podían sentarse a recordar «viejas épocas» en el aparte de una reunión; habíamos sido solo un par de conocidos.

—Hace mucho calor adentro —le dije de pronto, a pesar de mí mismo, quizás previendo las consecuencias que tendría sobre mí después lo que íbamos a hacer—; vamos afuera, cerca de la piscina.

Me dijo que ya, levantó su trago y me flanqueó mientras dejábamos atrás la sala, la terraza, bordeábamos la pista de baile y nos acercábamos al sitio convenido. Nos instalamos en una mesa. Habían encendido las luces debajo del agua y nosotros permanecimos mirándolas durante un largo rato, o eso al menos me pareció a mí. Había una pareja sentada del otro lado, en plan de besarse o besándose. Me sorprendió al principio que después de todo lo que había hablado María José se quedara callada, pero la verdad es que de algún modo no teníamos mucho que decirnos.

Fue en ese momento que, ya deliberadamente, me puse a recordar lo último que me quedaba para salir vivo de esa noche, lo que había supuesto dentro de mí y que ahora tenía que repasar prolijamente para que todo eso tuviera algún sentido. No sé si acercarme a la piscina fue un acto deliberado para decirle algo a ella, para buscar que ella me dijera algo a mí y revelara su verdadero rostro —si es que tenía uno— y dejara atrás ese que el tiempo había atenuado con un cabello ordenado y un maquillaje preciso. No dijimos palabra mientras yo recordaba la noche en que habíamos estado sentados al borde de una piscina parecida a esa y en una casa similar a esa hace algunos años, la noche en que —ahora lo veía con nitidez— nos encontramos en Lima luego de que ella desapareciera de un día para otro; la única vez que nos habíamos visto desde aquella separación hasta esta noche.

Al ver las cosas de súbito, como una frenética sucesión de imágenes precisas, entendí por qué había olvidado todo ello por completo y qué era lo que me había generado esa sensación de zozobra desde la llamada de María José. Aquella vez habíamos estado sentados toda la noche, o casi toda la noche, al borde de una piscina y habíamos hablado de miles de cosas que nos unían, miles de cosas que por más esfuerzos que hacía en ese momento no alcanzaba a recordar. Había sido un golpe de suerte o algo así, según lo veía ahora; lo cierto es que durante el final de uno de los semestres de la universidad, cuando yo ya me había acostumbrado a ir a las reuniones para pasármela escuchando diálogos que no entendía, anunciaron que a la fiesta iba a ir también María José, que estaba de visita tras acabar uno de los ciclos en la Universidad de São Paulo. Los detalles se escapan de mi memoria, y ahora que escribo y que he intentado recordarlos una y otra vez, me ha sido imposible redefinirlos. Lo que creo es que debo de haber llegado guiado por un secreto sobresalto hasta que la vi, debo de haberla saludado como todos los demás chicos de la promoción, efusivamente, y después debo de haberme refugiado detrás de un vaso de ron y una cantidad ilimitada de cigarrillos a la espera de algún milagro, de algo que no sabía para nada qué podría ser.

Miraba a María José ahora, que hacía algunos comentarios un poco vagos sobre Ivana, miraba su rostro alumbrado por la luz de la piscina, y podía verla cerca de las aguas iluminadas aquella noche de fiesta en casa de Guillermo. Casi no podía creer que después de buscarme y sacarme a bailar, ella se hubiera quedado a mi lado, me hubiera dicho algunas cosas llenas de afecto y que ambos nos quedáramos conversando durante largas horas al borde del agua, ajenos a lo que pasaba en la reunión, absortos, metidos en una conversación que he olvidado por completo pero que por su fluidez e intensidad debió de ser importantísima. Nadie nos interrumpió. Allí estábamos ambos como en las épocas en que salíamos a vagar por la universidad y en que yo la esperaba entre las bancas de la facultad para comprobar, o creer comprobar, que estaba siendo escuchado por alguien que estaba conmigo, que hablaba conmigo y a quien yo no quería dejar ir de ahí de ninguna manera, a quien quería mantener conmigo el resto de esa noche. Seguramente nos contamos las esperanzas que teníamos en el futuro; uno a los veinte años no puede decir sino las esperanzas que tiene para el futuro, y en esos momentos creo que no hubiera sido del todo extraño que yo le hubiera contestado como un secreto que no le revelaría a nadie que soñaba con hacerme un escritor. Ella en un momento se sacó las sandalias y pasó sus pies por el agua mientras yo la miraba y la escuchaba; no sé por qué en ese momento tuve deseos de decirle algo muy importante, algo verdaderamente conmovedor sobre lo que estaba pasando quizás entre los dos, pero no lo hice: esperé muchas veces la oportunidad, tanteé a mi modo, pero había algo en ella, a pesar de su aspecto aún desaliñado, de su simplicidad y de la manera llana en que me trataba, había algo en lo absurdo de contarle algo a alguien que solo estaba de visita por una noche, que me impidió hacerlo. Pensé si eso que callé de pronto tenía ganas de decirlo ahora, es decir, esa última noche, como a las personas adultas se les ocurre revelar secretos adolescentes que a la luz de los años parecen simples travesuras de mocosos, naderías, pero tampoco tuve el valor o la voluntad para hacerlo.

María José había cogido su saco porque hacía mucho frío y miraba hacia la gente que bailaba con algo de distancia. No me fue difícil entender que estaba ahí conmigo algo a su pesar y que solo la mantenía el compromiso de haberme dicho en algún momento que quería verme, de haberme llamado con unas ganas que ahora parecían pertenecerle a otra persona. En un momento imaginé cómo se nos vería ahora, y si lo hice fue porque ya había recordado que algunas de las chicas de la promoción habían tomado fotos de esa noche. Entre las imágenes en que salían todos abrazándose, bailando, riendo y haciendo bromas o saludando a la cámara, había una en la que se nos veía a ella y a mí al borde de la piscina, hablando cómodamente, indiferentes a la cámara. Recuerdo también mi sensación al ver esas fotografías en los pasillos de la universidad. Ella con una blusa celeste, con la cola que usaba por aquellos años detrás de la cabeza y los labios que siempre parecían estar secos; yo con los cabellos revueltos a la mala, mi rostro marcado por una constelación de cicatrices acentuadas por el flash. Solo recuerdo haber visto esas fotos una vez y haber experimentado una sensación desagradable cuando descubrí la imagen de los dos; como si la escena no cuajara y hubiésemos sido víctimas del fotomontaje de un artista dadá. Mientras las fotos pasaban de mano en mano, algunas chicas, creo que Ivana, deslizaron la broma, a mí me pareció malintencionada, de que ambos estábamos en *algo*. Nada. Nunca había pasado nada entre María José y yo. Nunca *podría* pasar nada.

—Hace frío y tengo algo de sueño —dijo de pronto ella.

—Si quieres vámonos ya —le dije.

Ella fue a despedirse de todos sus amigos —yo solo conocía a Ivana y a Rita; Carmela ya se había ido sin despedirse de mí—, y mientras la vi hacerlo me mantuve imperturbable en la puerta de la entrada preguntándome qué era aquello que había querido decirle a ella y no me atrevía. ¿Había estado enamorado y no lo sabía? ¿Me sentía demasiado solo y ella había sido la única posibilidad de ilusión durante esos años? ¿Había sentido en algún momento la capacidad suficiente para decirle que ella y yo podríamos empezar algo si es que ese algo tenía algún sentido? No podía recordarlo; solo sé que en algún momento las cosas debieron ceder al paso del tiempo y el momento de unión entre nosotros al borde de la piscina fue reemplazado por otros momentos comunes entre un grupo de amigos universitarios ebrios que se abrazan torpemente al final de una reunión y bailan juntos. Entonces no me quedó más que empezar a asentir como siempre, a alejarme de todo y de todos, a sentirme como un ser insignificante, como un objeto de vidrio.

Me despedí de Rita y de Ivana y ya para esas alturas sus saludos y los deseos de volver a vernos, sus invitaciones a que me uniera a los grupos de amigos virtuales que mantenían en la red, a las reuniones que en ese momento me enteré que tenían entre miembros de la promoción, me sonaron falsas. Ella estaba a mi lado y ambos nos teníamos que ir de ahí juntos, como dos enamorados que se pelean o dos esposos para quienes no hay nada excitante en volver a casa, o al menos por un momento así me pareció. No era muy tarde pero en verdad no abrigaba la esperanza ni los deseos de hacer algo juntos después. Trepé a su carro y nos deslizamos comentando tonterías de Rita, de Ivana, de la reunión. Después hubo un silencio. Un silencio que a mí, a esas alturas, me parecía un alivio, un silencio que ella rompió de manera abrupta tras unos instantes ante la luz roja de un semáforo:

—¿Te peleaste con la promoción, no?

—Pelearse no es precisamente la palabra —le respondí.

Hubo después otro silencio. Y me di perfecta cuenta de que esta vez ese silencio no se volvería a romper. Ella no quería saber más; yo tampoco quería explicar nada. El carro avanzaba por la ciudad fría y de pronto fui presa de la sensación ineludible de que un sueño imposible de esquivar estaba por terminar, una fractura de tiempo, y no fue entonces muy raro que pudiera medir cuán drásticamente había cambiado todo desde aquella última noche en que nos vimos. Ahora yo estaba sentado en el carro; aquella vez, después de perderme en el grupo que bailaba rabiosamente y gritaba su eternidad, me entró un ataque de pánico y me fui del sitio a la mala, casi huyendo, despidiéndome sin dar razones al dueño de la casa y a algunas personas que encontré en el camino a la puerta. Estaba ebrio, lo recuerdo perfectamente, y una opresión en el pecho y un nudo en la garganta se sacudían dentro de mí con una fuerza incontrolable. No me despedí de ella, y recuerdo no haberla visto nunca sino hasta la foto, y luego hasta esta noche en que la veía manejando su carro con determinación por las calles de Lima. Dejé la casa detrás y vi delante de mí una larga pista que conducía a la avenida Javier Prado: yo estaba en Camacho. En un momento, casi de modo natural, como si todos los «yo» que había en mí, todo lo que yo era y todo lo que yo aguardaba en mi casa me hubiesen explotado en la cara, me puse a llorar, a llorar por todo, como hacía en aquellos días muchas veces, por un impulso incontrolable y una impotencia infantil, a llorar por ese todo que era la imagen de mi padre trabajando de mozo, la de mi madre envejeciendo en una cocina que aún no podía terminar con los años, la de mi hermana siempre enferma, mal de los ojos, de los huesos, por la certidumbre de que era un pobre acomplejado, un tipo sin autoestima, listo para la derrota, cansado de todo, harto de la enorme distancia que suponía caminar hacia la Javier Prado. Recuerdo que un grupo de carros pasó raudo por esa pista que llevaba a la avenida y yo supe a ciencia cierta que uno de ellos era de María José o en uno de ellos estaba María José. Creo que también lloré porque era un cobarde incapaz de decir nada, incapaz de saber lo que tenía que decir; solo lloraba como el mocoso que era sabiendo que tendría que caminar por varios minutos más de regreso a todo. Ahora no estaba en la pista sino en el carro, con ella, mirando las calles de la ciudad del otro lado de la ventana, pero de pronto todo había cambiado...

—Tengo ganas de fumar —dijo María José de pronto mientras paraba el carro en un grifo—. Acompáñame.

Lo hice. Después todo fue lento y como preconcebido. No sé cómo le dije torpemente que había llegado el momento de separarnos, no la iba a molestar más, mi departamento quedaba doblando la derecha y a ella le convenía seguir de frente, además ella tenía sueño. María José me invitó un cigarrillo y nos alejamos de su carro y del grifo, nos fuimos a una esquina y prendimos los puchos y fumamos lentamente sin mirarnos a los ojos, parados uno enfrente del otro. De pronto ella me dijo, o quizás fui yo, que había sido un gusto verme después de tanto tiempo y los dos dijimos que seguramente a lo mejor nos encontrábamos en el futuro. Los cigarrillos se hicieron interminables, pero al final se consumieron, se tenían que consumir;

le pedí otro, lo encendí y nos despedimos. Fue un beso frío. Distante. Y no me sorprendió. Aquella vez no caminé a la espera de que el carro en que estaba ella reventara motores a mi espalda; solo lo hice cuando sus luces rojas desaparecieron de mi vista.

Un responso por el cine Colón

Felipe Castrejón nunca me pudo vender una sola nota para la revista en la que ambos trabajamos hace ya varios años, un quincenario raquítico con muy malos reportajes que cerrábamos a duras penas durante las madrugadas de un verano pegajoso allá por los años noventa en Lima. Desde que llegó a la redacción con un cuaderno deshilvanado en el que se apretaban más de treinta ideas para crónicas, cada cual más inverosímil que la otra —recuerdo una sobre payasos jubilados y otra acerca de las penurias de los papanoeles bajo el sol calcinante de Lima en diciembre—, y me leyó todas de un modo agitado, nervioso, como si en ello se le fuera la vida, no pude evitar cogerle una forma de cariño. Bastaba ver su desaliño, el desorden que lo rodeaba y escucharlo luego hablar de periodismo con el entusiasmo de un adolescente para no dar un centavo por él. Sin embargo, a Castrejón se le veía un tipo con ganas y se notaba a leguas que necesitaba el trabajo como ninguno de nosotros; escribir sobre lo que fuera, cobrar lo que hubiera. Le dije entonces que escogiera dos de esos temas, los mejores, y que los ofreciera en la reunión que teníamos cada dos martes con otros redactores y colaboradores. Dos buenos temas bastaban.

Digo que Castrejón nunca me vendió una nota y me doy cuenta de que miento. Ningún tema de ninguna nota suya me convenció, pero la verdad es que le acepté varios, de mala gana, porque casi nunca tenía buenas ideas o alternativas con las cuales revertir las suyas, y siempre me arrepentía a los pocos minutos de haberle dicho que sí. Todas las propuestas que me ofrecía como reportajes insólitos resultaban siempre sobre el papel variaciones del mismo relato esperpéntico acerca de una única ciudad poblada exclusivamente por locos feroces y proyectos absurdos. Sus textos nunca estaban mal escritos, pero eso hacía precisamente difícil editarles el lado chocante, a ratos involuntariamente miserable, que siempre tenían. No podría afirmar que las fotos que acompañaban sus crónicas, y que él mismo tomaba, eran malas, pero a la larga resultaba difícil ubicar entre ellas alguna publicable. Entre la entrevista al aburrido congresista y el reportaje a las nuevas actrices de una teleserie, la nota gourmet y el estreno de cine, la crónica urbana de Castrejón siempre terminaba reducida a un par de páginas, si no a una sola.

Aquella noche estábamos cerrando la edición de la quincena de febrero y, para variar, la nota de Castrejón había pasado de tres páginas a dos, y finalmente a tener solo cuatro columnas: a último minuto había llegado una publicidad de medicamentos para hongos y la verdad es que no podía haber caído en mejor ubicación. En un momento sospeché que el artículo de Castrejón de esa semana terminaría en menos de una página; quizás con suerte desaparecería. Castrejón se había ido a un pueblo del sur de Lima a pasar todo un fin de semana y había regresado con un relato y unas fotos que, según me dijo, iban a ser la «historia» de esa edición. Cuando miraba las planchas de contacto no imaginaba de dónde podrían proceder todos esos retratos de hombres impresentables que, paradójicamente, modelaban en una pasarela, respondían las preguntas de un maestro de ceremonias, se hacían acompañar por modelos o posaban para las fotos portando cetro y corona. Mientras apenas podía entender lo que veía, Castrejón me decía que se trataba de los finalistas de un concurso de feos en el pueblo de Imperial, en Cañete. No solo eso: se había producido una polémica durísima en torno al ganador. Para la mayoría de vecinos, a «Cabeza de Otro Monstruo» le habían robado el primer puesto para dárselo a «Consolador de Bruja». La mujer de «Cabeza» estaba indignada con el fallo y había convocado con éxito a un grupo de ciudadanos que intentaba hacer llegar la noticia de ese fraude a los medios. «Ñoño Muerto», «Sopa de Guano», «Chicharrón de Caimán» y otros finalistas del certamen la apoyaban. Entonces fue que contactaron a Castrejón.

No voy a negar que la historia me pareció a su modo divertida y una vez más, quizás por aburrimiento, para romper un poco la monotonía de mi trabajo, o acaso por ganas inconscientes de ser despedido, le dije que le daba tres páginas aunque sabía que no tendría más de dos. Castrejón había llegado muy temprano a la redacción, como siempre, y había permanecido todo el día batallando con el teclado como un narrador poseído en las últimas páginas de una novela total. A mitad de la tarde le tuve que decir que la nota había sido reducida a dos páginas y más tarde que había sido transformada a cuatro columnas. Cada vez que le decía esto, Castrejón regresaba apesadumbrado a su sitio, atronaba contra las teclas de la computadora furiosamente y luego se sumía en angustiosos bloqueos frente al monitor. Lo veía desde la esquina en que me tocaba repasar fotos, corregir páginas ya diagramadas o despedir a los sucesivos colaboradores que miraban sin emoción sus pruebas de imprenta. Cuando ya estábamos quedándonos solos él y yo, además del diseñador, Castrejón me entregó su texto con el nerviosismo de todas las veces. Cambié un par de adjetivos, corregí su dequeísmo y envié la nota a la bandeja de diseño después de divertirme a mi pesar con ella. Castrejón, mal que bien, tenía chispa cuando escribía. Eso sí, me hizo sufrir en la tarea de encontrar alguna foto, si bien no bonita, al menos representativa del concurso y el supuesto fraude. Era imposible no cotejar los retratos de «Cabeza» y «Consolador».

Fue después, mientras ambos nos quedamos sentados el uno frente al otro y esperábamos que el diagramador encajara el texto y las fotos de su nota, que le pregunté si no quería dar una vuelta y tomar aire, quizás una copa. No era la primera vez que hacíamos algo parecido: solía salir con Castrejón en los intermedios de los cierres de edición. No sé muy bien explicar ahora por qué. A veces pienso que quizás era porque me hacía reír con sus ideas jaladas de los pelos, la manera hiperbólica en que me contaba pasajes de su vida, las preguntas tan serias que me hacía sobre lo que él llamaba «mi trabajo con la palabra»; quizás Castrejón me daba seguridad, quizás su torpeza me afirmaba de modo complaciente de cara a lo que yo ya sospechaba era mi propia mediocridad, lo poco que en verdad había hecho por mí y por mi vida.

—Acepto la invitación —me dijo esa noche mientras ordenaba los apuntes y las planchas de contactos de su artículo—. Pero que sea un pisco sour.

Me gustaba caminar por el Centro de Lima de madrugada y mucho más en verano, cuando no hay neblina y las luces de neón le dan un aspecto uniforme a toda la ciudad. Aquella vez Castrejón y yo recorrimos casi todo el jirón Camaná y disfrutamos mucho del aire fresco de la noche fumando cigarrillos y caminando a nuestro ritmo por un sendero libre de ambulantes. No recuerdo de qué hablamos, solo que al llegar a La Colmena me preguntó dónde nos tomaríamos el pisco.

—¿Dónde más? —le dije entonces, con satisfacción anticipada ante el rostro que se iluminaría de pronto—. En el hotel Bolívar.

Subimos por la avenida y llegamos a la plaza San Martín. El hotel no era lo que había sido hace algunas décadas, sin duda, pero aún mantenía cierto aire que a mí me hacía pensar en estrellas de cine mexicano o en actores de Hollywood. Le estaba dando nombres de huéspedes ilustres a Castrejón y veíamos la carroza republicana en el salón circular que sigue a la entrada cuando me di cuenta de que había cambiado sorpresivamente de ánimo. Durante el tiempo en que nos instalamos en una de las terrazas que daban a La Colmena y yo le pedí al mozo dos pisco sours de la casa, en que esperamos a que nos trajeran las copas y brindamos, Castrejón no dijo gran cosa. Le pregunté si le pasaba algo y me respondió que nada. Decidí quedarme callado mientras paladeaba el trago y miraba largamente la plaza San Martín. De un momento a otro él rompió el silencio.

—¿Por qué no me dejas hacer una nota sobre el cine Colón? —me dijo. Al voltear la vista hacia él me encontré con sus ojos clavados en mí.

Me quedé perplejo.

—Vamos, anímate, puedo escribir una historia increíble sobre el teatro.

Me tomé de un sorbo lo que quedaba de pisco sour en mi copa y le pedí al mozo otra. Meses antes había consentido publicar un artículo suyo sobre un adolescente que había realizado una «obra de animación hardcore» con una cámara de aficionado: el texto daba cuenta de cómo el imberbe había restregado compulsivamente las muñecas Barbie con los muñecos Ken de su hermana en los espacios de su casa y cómo había convencido a sus compañeras de colegio para que hicieran las voces de los personajes femeninos. La estupidez por poco me cuesta el puesto. Esta vez Castrejón no pasaría. Le dije inmediatamente que no veía por dónde se podía escribir algo sobre un viejo teatro republicano que durante los años veinte había sido un espacio de variedades a la que iban los socios del Club Nacional y que en el último tiempo se había convertido en una sórdida letrina de cine pornográfico a la que solo acudían tipos arrechos y sin plata para comprarse un VHS. Eso le dije.

Castrejón bajó la mirada y acto seguido se produjo un largo silencio. Por un momento creí que había cortado por lo sano, pero tras un rato volvió al ataque.

—Hablas así porque no has estado dentro nunca —me dijo de pronto, con un tono resentido y amargo—, nunca has visto el teatro por dentro, y menos con las luces encendidas.

Un poco alterado por el simple hecho de que me porfiara, le dije que gracias al cielo nunca había estado dentro de ese sitio. Castrejón esquivó de una manera tan abrupta mi mirada que pensé que quizás estaba siendo muy tajante e inmediatamente intenté calmar los ánimos y hacerlo recobrar la sensatez. Le concedí algunas razones. Mientras veía el teatro en la esquina de la plaza, los paredones que entre sus columnas los policías habían levantado la madrugada anterior, le dije que sin duda el tema era actual: había leído esa mañana que la municipalidad había cerrado el local no solo porque se exhibían películas para adultos —lo que no tenía nada delictivo—, sino que además se había descubierto que en mezzanine se ejercía la prostitución clandestina en condiciones insalubres. Entendía que el teatro había sido parte de una época importante de nuestra historia, que era bonito por fuera, que era un elemento central del Centro Histórico de Lima, Patrimonio Cultural de la Humanidad y todo eso; entendía bien que había que luchar por el rescate de nuestra riqueza monumental, pero escribir una historia sobre cómo un bien de esas características había caído en la peor miseria con el paso del tiempo no me parecía muy adecuado para nuestra revista; bastante había tenido con la crónica del concurso de polos mojados en lo que había sido en su momento el Palais Concert. No quería volver a repetir la experiencia.

Castrejón hizo una mueca de fastidio y meneó la cabeza. En ese momento supe trágicamente que no hablaría de otra cosa que no fuera el cine, o el teatro, por el resto de la noche, o al menos hasta que yo terminara de aceptarle la nota.

—No contaría esa historia —me dijo—. Tengo otra mil veces mejor.

Entonces me vi a mí mismo diciéndole que se pusiera en mi situación, que pensara en el público de la revista. Castrejón me dijo que precisamente pensaba en ellos cuando decía que tenía entre manos la mejor de las crónicas.

—Estoy seguro de que si la escuchas, me la publicas —me dijo, seguro de sí mismo.

—Está bien —le dije, aceptando el reto, sabiendo de antemano que nada me haría cambiar de opinión—, cuéntamela.

Lo que vino después de eso fueron algunas ruedas más de pisco sour, la voz de Castrejón cada vez más exasperada con el paso de su narración, mis contorsiones por ciertos ataques de risa que en un momento amenazaron doblarme en dos y después unas ganas terribles de llorar, aunque no sé muy bien si en determinado momento era por la intensidad de las carcajadas o por algo de pena también. Lo que escuché esa noche fue la más insólita de todas las historias que Castrejón me relatara durante el tiempo que lo conocí. Ni siquiera hoy sé a ciencia cierta si fue verdadera o esa noche él me vio cara de imbécil y me hizo tragar otro de sus cuentos solo para venderme un artículo y cobrar cien tristes soles. Prefiero creer que sí ocurrió porque así pasa con las buenas historias. Y esta lo fue. Aun ahora, cuando la recuerdo, no puedo evitar reírme a solas, a veces escandalosamente, y después sumirme en un prolongado silencio.

Castrejón empezó diciéndome en voz muy baja que había sido —todos sabíamos esas cosas, ¿no?, me susurró— un adolescente algo solitario y muy «encendido». Había estudiado en una gran unidad escolar solo de hombres. Eso, sumado a que era algo tímido, poco dado a las fiestas, a la conversa en la esquina del barrio o a la vida en familia —tú sabes, me dijo, la típica salida con una prima, con una amiga de una prima—, lo había condenado a no tener casi contacto alguno con chicas durante su adolescencia. Lo único que le quedó para acercarse al sexo opuesto fue mirar calatas en los periódicos de los quioscos cercanos a su casa y luego comprar revistas usadas en la plaza San Martín o en un hangar de Camaná cada vez que podía tirarse la pera junto a sus compañeros de colegio. Fue una de esas tardes que vio por primera vez una sala de cine porno, y aunque intentó entrar lo pararon en la puerta por su cara de mocoso y por su uniforme escolar color plomo rata. Debió esperar a acabar el colegio para ingresar por primera vez al cine y ver lo mismo que miraba una y otra vez en las revistas —*Pandemonio, Orgía, Mamantes*—, pero esta vez en movimiento y con sonido. Fue como descubrir una nueva religión. Con el paso del tiempo y de los años —mientras estudiaba periodismo en un instituto, hacía sus primeros cachuelos en publicaciones que nunca nombraba—, Castrejón recorrió casi todas las salas de cine triple equis que había en Lima. Primero una de la avenida México, el Súper Hall, no lejos de su casa, después otra en la avenida Manco Cápac. El paso siguiente fue ir al Centro. Fatigó las salas de la avenida Colmena y del jirón de la Unión y después de un tiempo se aburrió de ellas. Erró por los cines Tacna, Sussy, Tauro y muchos otros como un nómade hasta que en una esquina de la plaza San Martín, detrás de la columnata de un viejo edificio, encontró los avisos porno del cine Colón. Entonces halló «su lugar».

—Desde entonces no fui a ningún otro sitio —me dijo Castrejón dándole luego un sorbo a su pisco sour—. En el Colón me quedé para siempre, te juro.

Le pregunté entonces qué podría tener el Colón que no tuvieran otros cines, aparte de su historia, su pasado o como quiera llamársele a eso. Castrejón me miró con cara de absoluta sorpresa. Me hizo sentir como si fuera un perfecto ignorante.

Lo primero era el tamaño del cine, me dijo. Lo otro era la frecuencia de la proyección de películas. Uno iba a la sala porno no a que lo reconocieran mientras hacía la cola, ¿no?; generalmente uno iba a mirar con la mayor discreción posible una película, retener las imágenes en la cabeza y después castigarse en casa como buenamente podía. Al menos eso hacía él siempre. Él conocía muchas salas de cine muy pequeñas y problemáticas: los asientos escaseaban, los espectadores se sentaban muy cerca unos de otros y a veces, si no tenías suerte, te tocaba algún travesti mañoso o un viejo verde que de pronto te ponía la mano en la rodilla, o, si te sentabas más atrás, una parejita misia sin plata para el telo que tiraba en tus narices. Por último, me dijo irrefutablemente, no era cómodo estar armado y tener a alguien muy cerca de ti; y menos aún la posibilidad de que esa persona también pudiera estar al palo.

—El Colón, en cambio, era enorme —me decía, prendiendo un pucho—, y además programaba películas seguidas, una tras de otra. Pagabas un boleto y veías hasta tres al hilo. Ya si eras muy enfermo podías repetir, y ver los mejores títulos dos, tres veces.

La cosa, pues, era a todas luces ventajosa —concluía Castrejón—, y eso hacía del Colón un cine especial. No era necesario hacer cola y poner cara de idiota o mirar al piso como si fueses choro presentado a la prensa, del mismo modo que no era necesario esperar el cambio de cinta para entrar, tampoco mirar listín alguno ni nada parecido. Uno llegaba solapa por la plaza San Martín a la hora que fuera, se compraba unos fallos en la esquina del cine y como que hacía la pantalla de meterse por el jirón Quilca se colaba entre las columnas, pagaba en caja con tranquilidad y entraba al cine como si nada.

—Había un tío que vendía chocolates y otros dulces en un mostrador grande —añadía—; si la pela ya había empezado y tú eras un maniático que no puede ver nada a medias, te podías quedar sentado en una sala que tenía varios muebles, quizás leyendo o haciendo cualquier otra cosa.

Le pregunté si él lo hacía y Castrejón me dijo que no. Él cruzaba la sala hasta la tela roja del teatro, la corría y se paraba a un costado de la entrada por varios segundos. A su lado, otros permanecían en sus sitios a la espera de que todo empezara a aclararse y resultara posible reconocer un buen sitio alejado de los demás. Era perfecto no verle la cara a nadie y que nadie distinguiera la tuya. Después de un par de minutos, cuando ya uno dejaba de mirar únicamente a la mujer en cuatro patas que gemía en la pantalla gigante y advertía además los perfiles de las altas paredes, las butacas, la luz que corría por el largo corredor entre los asientos, lo normal era reconocer el claro en la platea y después desprenderse del grupo, caminar por el corredor y sentarse en un asiento crujiente, a salvo de la mirada de todos los demás.

—En esas butacas vi las mejores películas de mi vida —me dijo, como invitándome a preguntarle por ellas. Me encontraba bastante lejos de interesarme por lo que él había visto allí durante todas esas tardes, así que me quedé callado. Él hizo lo propio, sin ánimo de cambiar de actitud. Me di cuenta de que tarde o temprano tendría que hablar.

—Mira, hermano —le dije, finalmente, intentando ser razonable tras un rato de vacilación—, tal como lo cuentas me parece particular la historia del teatro Colón, y ciertamente entre los amantes de ese tipo de cine debe de haber sido una suerte de recinto, de templo sagrado; comprendo todo eso, en verdad, pero, para serte franco, publicar ese artículo que planteas en una revista como la nuestra es muy complicado; a lo mejor podría ser el reportaje estelar de una revista distinta, una revista periodística porno, si es que eso existe, o algo similar. Si no existe, tú podrías inventarlo, y pasar a la historia, ¿no crees?

Me estaba riendo y él hacía lo mismo mientras miraba la mesa y luego la esquina en donde se podía advertir el teatro tapiado. De pronto mudó el rostro y me miró directo a los ojos.

—No te he contado la historia todavía —me dijo—; lo que te he dado es apenas el marco de lo que me pasó una tarde en una de las funciones del teatro Colón. Algo perdurable. Al menos quienes estuvimos ahí no lo olvidaremos nunca.

Dijo eso y luego agregó que tenía que ir al baño. Tuve que aguantar de mala gana algunos minutos mientras me preguntaba qué diablos podía haber pasado en una sala de cine porno una tarde cualquiera. Cuando Castrejón regresó a la mesa se encontró dos copas de pisco sour más y mi pregunta a boca de jarro: ¿qué diablos podía haber pasado?

—Una revolución —me dijo, entonces—, una verdadera revolución. Y derrocamos a Batman.

Aquello era tan absurdo y a la vez fue dicho con tal convencimiento que pensé que Castrejón me estaba jugando una broma y me reí por la locura de su apuesta narrativa: una revolución. Y contra Batman. En un vetusto cine del Centro de Lima. Castrejón podría llegar a ser un buen actor, sin duda; varias veces lo había visto tomarle el pelo a alguien una vez que se ganaba su confianza y casi siempre a través de los engaños más disparatados. Sin embargo esto era demasiado. En un momento llegué a pensar que la timidez inicial con la que lo conocí era una proyección más de su faceta histriónica. Le hice varios gestos para que dejara la broma y empezáramos a hablar de otra cosa; había estado bueno, pero en un momento, cuando me percaté de que su mirada seria no cambiaba durante varios segundos a pesar de mis risas cómplices, me temí que, a pesar de todo, esta vez no estuviese bromeando.

—Discúlpame —le dije, poniéndome también serio de pronto—. Es que me cuesta creerlo.

—Te dije que había sido extraordinario —retomó su narración—. Así como tú, yo tampoco hubiera imaginado algo así al entrar esa tarde al cine Colón.

Fue meterse entre las columnas, pagar, cruzar la sala, correr la tela roja, colocarse a un lado de la puerta, esperar, reconocer las formas del teatro, el claro pertinente en la platea y luego sentarse. Nunca Castrejón se fijaba en la película sino hasta algunos segundos después de haberse acomodado en su asiento, de modo que cuando esa vez vio una escena en la cual, en un ambiente de corte francesa, dos mujeres le introducían un juguete de plástico a un hombre por el culo tomó aquello como uno de esos pasajes lamentables, que nunca faltaban, producto del «riesgo» que tomaban ciertos directores. Con mucha calma prendió un pucho —el cine lo permitía y con él a veces alejaba algunos olores ingratos de la sala— y se dedicó a observar con calma las formas del inmenso teatro que se podían advertir a la luz del ecran.

—No me imaginaba que la maldita escena duraría más de quince minutos.

El travesti llegaba como podía con gemidos sobreactuados y en cierto momento, como sucede en esos cines y las escenas no caminan, Castrejón escuchó algunos silbidos y al cabo de un rato rechifló él también. En verdad sabía que eso no modificaba nada, pero a veces esas muestras de desaprobación de una escena o toma le resultaban gratificantes, le daban valor a su participación «activa» en el hecho cinematográfico. Al menos con esas palabras me lo dijo esa noche. Después de un rato la escena terminó y dio pie a una aburrida orgía versallesca en la que mujeres bonitas pero excesivamente flacas apenas podían moverse presas de los corsés y de las pelucas que llevaban. Castrejón terminó su pucho y prendió otro, y sintió cierto alivio cuando acabó la película. Había pensado que el momento tardío en que llegó al cine había influido en la percepción de ese pasaje final; a veces las escenas últimas de una cinta lo calentaban a uno menos porque las circunstancias que rodeaban la acción, el tabú que se transgredía con el polvo que se miraba, se perdían al no haber visto el principio. Al menos eso pasaba con los filmes con argumento, que eran los que él prefería y los que se proyectaban en el cine Colón.

—Las cintas de video de ahora en que las «actrices» se calatean sin motivo, de buenas a primeras, y hablan con el director sobre la misma grabación que hacen en ese momento serán todo lo metaficcionales que quieras pero no calientan un carajo —me dijo, en un aparte, como suspendiendo su relato—. Las de aquellos años, filmadas en cine, esas sí que eran películas.

Los créditos desaparecieron y la sala se oscureció. Muchos de los hombres que ya estaban sentados hacía horas en las butacas y habían visto las tres películas de la tarde o simplemente se habían embotado de tantas contorsiones y descubrían que ya nada pasaba, aprovechaban ese momento para levantarse de sus asientos, caminar hacia la tela roja, quizás ir al baño y luego salir a caminar por Lima. Otros, pegados a la pared, al ver muchos claros disponibles, ganaban sus asientos, prendían cigarrillos y esperaban la película siguiente. Castrejón se había quedado entre ellos.

Fue entonces que las letras anunciaron el filme —así lo recordó él— *Las aventuras secretas de Batman y Robin* y Castrejón se imaginó de golpe una película hilarante y acaso prometedora. Estaba acostumbrado a ese tipo de apropiaciones cinematográficas. La época dorada del cine triple equis no había escatimado en recursos e inventiva. Él había visto superproducciones basadas en las vidas de Gengis Khan, Calígula o Luis XVIII, muchas veces los guiones resultaban tener tramas detectivescas o de espías que, desde un cierto punto de vista, podrían resultar interesantes. Algunas veces rendían homenajes a películas pasadas, del cine oficial o del mismo género. Se sonrió y se imaginó a la actriz que interpretaría a Gatúbela. Con esa ilusión le dio una pitada ávida a su cigarro.

Pero nada de lo que esperaba ocurrió. Lo primero que lo desalentó fue la fotografía. A diferencia de algunos directores que disponían la luz de un modo insinuante, cálido, o por lo menos generoso, esta película hacía gala de una iluminación expresionista totalmente caprichosa, un sinsentido de luces y sombras que partía a los personajes en pedacitos. Al principio Castrejón no lo notó: la primera escena era exterior, y si bien era antojadiza y lamentable, podría augurar todavía una película desopilante. Delante de una cámara que lo seguía por la espalda, un tipo disfrazado de Batman, montado sobre un triciclo, recorría las calles de Roma mirando tetas y potos.

La gente empezó a reírse en la platea y él también. Cuando Batman reconoció a una mujer arrojada en un jardín, víctima de lo que quizás habría sido una violación, y se la llevó a un espacio interior, fue que algunos espectadores empezaron a notar que estaban frente a una reverenda porquería. El reparto, por ejemplo, era infame.

—Para empezar, el actor tenía la chula del tamaño de un niño o de un asiático micropene, ¿me explico? —decía Castrejón un poco exaltado, achispado sin duda por el pisco—. Se supone que el actor principal tiene que ser aventajado.

Batman no solo tenía un colgajo ridículo y artificialmente rosado sino que además nunca la metía; solo miraba a varias mujeres que, sin ton ni son, refugiadas no se sabía por qué razones en la baticueva, se lamían unas a otras vestidas con unos espeluznantes trajes plastificados. Delante de ellas, o a veces escondido tras un mueble, el hombre murciélago se hacía pajas delante de la cámara y movía torpemente la lengua como fingiendo estar excitado. Las bromas entre los espectadores no se hicieron esperar. Alguno, desde el fondo de la sala, se animó a gritar «Batman, tas hasta el culo» y el resto de la platea se rió. Castrejón, algo más serio, se decía que una película tan mala era imposible: las mujeres parecían desnutridas, como salidas de un campo de concentración, estaban torpemente maquilladas y a tal punto Batman se restregaba contra los muebles que sospechó que eso no era más que una cortina, un preámbulo para darle más valor a la futura verdadera acción.

—Estaba casi seguro de que de un momento a otro aparecería el verdadero Batman o un Guasón realmente guasón, es decir, con una guasaza —se reía Castrejón, y me hacía reír mucho a mí también, ya cómodamente instalado en esa butaca de cine—, pero nada. Una mierda, en serio.

De pronto en el ecran apareció Robin. Estaba igualmente desprovisto de atributos, de modo que hasta cierto punto era comprensible que siguiera la conducta de su líder. Ambos superhéroes veían a las mujeres bailando y de pronto, como para refrendar todas las sospechas que han recaído sobre ellos durante muchos años, el Chico Maravilla empezó a correrle la paja a Batman y este, al final, en la escena quizás más lamentable de toda la historia del cine porno —eso decía Castrejón—, fingió orgasmos desgarradores mientras soltaba un ramalazo de pichi sobre el piso del plató. Ese fue el tope de lo que cualquier público podía aguantar. Fue entonces que empezó a gestarse la rebelión para derrocar a Batman.

—Al principio no noté muy bien el cambio de actitud en la platea —me decía, ya dueño de la situación, Castrejón; yo estaba inmóvil, mirándolo—. Cuando el tipo se puso a orinar algunas personas rechiflaron como protesta y otras empezaron a decir frases cortas, expresiones como «ya pues, oye» o «mi plata», las típicas cosas que se dicen en los cines cuando la función es una desgracia. Pero cuando la escena siguiente resultó casi un calco de la anterior, solo que Batman se restregaba contra los zapatos de una chica y Robin se iba de bruces sobre una muñeca de plástico, entonces sí que todos perdimos el control.

El silencio fue rasgado primero por un silbido, luego dos, después un rechifle, una frase de indignación corta seguida por muchas otras parecidas, un carpetazo a una butaca, gritos más erizados aquí y allá y de pronto todo el cine, o todo el viejo teatro republicano, se convirtió en una verdadera tribuna de hombres que más parecían espectar un partido de fútbol o el último round de una pelea de box. Los gritos llegaron de sitios más alejados, parecían expandir la sala del recinto, y en medio de ese fragor Castrejón, además de intuir el verdadero tamaño del Colón, el esplendor de sus mejores años, sintió que tenía que hacer algo y se puso a gritar también. Solo un par de segundos más tarde escuchó la voz que —él asegura que salió del fondo de mezzanine— atronó en el lugar como la descarga eléctrica o el grito de guerra que antecede a la hecatombe.

—¡Desaparezcan al murciélago de mierda, hijos de puta!

Como si hubieran identificado al enemigo, los hombres empezaron a pararse de sus asientos y a lanzar a voz en cuello una sarta de improperios contra el actor, la película, los administradores del teatro, los dueños y, por supuesto, contra las madres de estos. Entre las voces crispadas, iracundas, que reventaban en la oscuridad, la de Castrejón se desató. Como nunca en su vida soltó palabrotas que jamás había pensado gritar con esa energía, y como nunca se sintió libre y a la vez parte de una lucha colectiva, gremial.

—De pronto todos estábamos parados delante de nuestros asientos y solo unos segundos después un hombre se salió de las butacas, subió las escaleras del escenario y se puso a golpear el ecran, a batir la tela y luego otros más se subieron también sobre sus asientos. En mezzanine todos estaban apostados sobre la baranda, y algunos habían trepado hacia la cabina de proyección. De repente, en medio de la locura que reinaba en todos los rincones del lugar, la película paró.

Fueron segundos de total oscuridad en los que Castrejón no pudo ver ni las palmas de sus manos a centímetros de sus ojos. Solo recordaba que cuando el superhéroe desapareció, la pantalla se apagó y el espacio en que estaba quedó en tinieblas, una salva de gritos triunfales, de vítores y aplausos atronadores explotó bajo la bóveda y remeció los cimientos del edificio. Bajo ese estruendo, Castrejón pensó en una gran hazaña, en un ejército de guerreros que marchan a la batalla final en medio de una noche cerrada.

—Y en eso fue que ellos encendieron las luces —me dijo, finalmente, tratando de recuperar la compostura—; allí fue que vi el teatro tal como era por primera y única vez en mi vida.

Sucedió como un golpe que los sacó de una ceguera para sumergirlos en otra. Si se quiere una ceguera de luz. Primero se llevaron las manos a los ojos, como viseras, y después, cuando se miraron unos a otros en el teatro completamente desnudo —Castrejón descubriría después varios reflectores tras unos vitrales empotrados en las esquinas del techo—, todos se sonrieron, se saludaron con las cejas, con las manos, como si se conocieran de años o como si fueran socios de algún club o miembros de una hermandad secreta. Atrapado en un estado ingrávido, Castrejón me dijo haber presenciado una indeleble imagen surreal: un teatro de estructuras espléndidas mostraba ante él unas alfombras llenas de lamparones, colillas de cigarrillos y manchas de esperma; paredes ennegrecidas, descascaradas, cortinas percudidas y finalmente butacas tragadas por polillas: muchas de ellas rotas, otras quebradas. Recorriéndolas con la vista, Castrejón reconoció aburridos empleados de oficinas del Centro con ternos percudidos y legajos en las manos, estudiantes universitarios con cuadernos y libros de ciencias, señores de edad con periódicos bajo el brazo y crucigramas a medio llenar, escolares con ropa de colegio a los que ahora sí dejaban pasar y que le hicieron recordarse a sí mismo. Mirando una y otra vez a esas personas, saludándolas con la vista, se preguntó si no habían descubierto el teatro del mismo modo que él y en el mismo tiempo, o si, aún mejor, no habían sido ellos quienes habían estado siempre en la sala las mismas veces que él. No es extraño que entre esas personas que no tenían mejor manera de pasar la tarde un día de semana cualquiera él no se sintiera solo.

Me dijo todo eso y yo no hice otra cosa que mirar el cine y sentir un torpe cariño por él, cierta pena por que lo cerraran sin que yo lo hubiera conocido.

Castrejón estaba en medio de esa visión imborrable cuando un hombre a unas tres butacas de su sitio le pidió un cigarrillo. Era un negro alto, de unos cincuenta años, llevaba una chompa tejida a mano quizás por su mujer. Castrejón le dijo que claro, se acercó a él, le prendió el pucho y se animó a comentarle lo mala que había estado la película.

—Ni un solo buen polvo, sobrino —le dijo el hombre, levantando el cigarro como señal de agradecimiento—. No hay derecho.

En ese momento su rostro desapareció, también la sonrisa que empezaba a esbozar con unos dientes blanquísimos, y de la total oscuridad que duró apenas uno o dos parpadeos surgió el ruido del proyector corriendo las cintas, la luz en el escenario, los créditos de una nueva película sobre el ecran y una metralla casi incontenible de aplausos. Habían triunfado, ¿me daba cuenta? Castrejón también aplaudió, se volvió a sentar en su butaca, encendió un cigarro y con una satisfacción secreta reconoció el nombre del director, de la actriz principal y se entregó mansamente a lo que él llamó «la magia del cine».

—Fue una jornada épica la de ese día —me dijo después, una vez que acabó con su pucho; luego lo restregó contra el cenicero y se puso a mirar nostálgicamente la avenida Colmena.

—Ya lo creo —fue lo que alcancé a decir.

Después de un largo rato en que le formulé una serie de preguntas sobre ese día y él expandió su narración con más detalles sobre los gritos de la gente, las expresiones de júbilo y el aspecto del teatro con todas las luces prendidas, y luego de que volviera a contar una y diez veces más ciertos pasajes con otros aderezos que me hicieron reír durante mucho rato, recordé de pronto que era quincena y que estábamos en pleno cierre de edición, que el diagramador debía de estar esperándonos furioso en la oficina y nosotros aún no habíamos corregido pruebas, y encima Castrejón no me había pasado los textos para las leyendas de sus fotos. Pedí la cuenta y salimos; a pesar de la prisa que llevábamos no pude evitar pedirle acercarnos un poco al teatro y echarle un vistazo. Frente a mí, las columnas se veían absurdas al lado de esos paredones levantados a la mala, de esos ladrillos entre cuyas junturas parecía chorrear un cemento aún fresco. Entendí por qué Castrejón se había entristecido tanto cuando llegamos a la plaza San Martín camino al hotel Bolívar. Lo vi aproximarse al cine y, empinándose por sobre el nuevo muro, aguaitar dentro de él. Aún se podían ver en el interior, entre las sombras, un cartel descolorido y lo que había sido la boletería como si fueran parte de una película de terror o un cuadro de Polanco. Imaginé a Castrejón y a sus compañeros entrando y saliendo de entre las columnas del cine y de un momento a otro me puse a caminar hacia el jirón de la Unión. Una vez que él me alcanzó más adelante le pregunté qué pasó después de que cambiaran de película aquella tarde.

—Nada —me respondió, emparejando su paso al mío—. No pasó nada.

La cinta siguió su curso y él pudo ver cuerpos de mujeres espléndidas, posiciones notables y maniobras gimnásticas, uno, dos, tres polvos plenos. En algún momento volteó y notó que el hombre que le había pedido un cigarrillo se había ido. Luego lo hicieron otros, desde distintos sitios, y durante la película llegaron algunos nuevos, a llenar los claros dejados por los anteriores. Cuando ese filme acabó y empezó el siguiente, un grupo grande de espectadores abandonó la sala y otro de nuevas personas se instaló en los asientos. Castrejón recibió de un modo incómodo la presencia de esa gente extraña en la sala, de modo que apenas descubrió que ya había visto la película antes se paró rápidamente de su asiento, caminó cabizbajo por el pasadizo intentando que nadie —un posible conocido, acaso un familiar— lo reconociera y después de correr la cortina roja, cruzar el foyer y acercarse a la columnata y dar un salto desde ella, se puso a caminar en la noche como si viniera del jirón Quilca, como una persona a la que se le ha pasado la hora mirando libros y comprando bagatelas en el Centro.

Ahora ambos caminábamos rumbo a la revista y el viento fresco de la madrugada nos había dado un nuevo aire, había disipado algo los efectos del licor. Castrejón me dijo sin que le preguntara nada que tendría listas sus leyendas en un segundo y que, además, de puro colaborador, me ayudaría a revisar pruebas. Ciertamente no era un editor, agregó, pero podía detectar un error de tipeo, alguna redundancia, ciertos detalles. Le agradecí la generosidad y la verdad es que no me sorprendí cuando me dijo si ahora ya estaba interesado, si creía que el cine Colón o el teatro Colón no merecían un responso, una necrológica, un homenaje o eso que se escribe para las cosas que ya murieron y no existen más. Lo miré andar a mi lado y la verdad es que tuve deseos de abrazarlo, de invitarle una cerveza en el chifa de mala muerte que estaba al lado de *La República,* de seguir conversando con él toda la noche. Sin embargo solo sonreí mientras esquivaba un charco de agua sucia entre los baches del jirón Camaná. Ambos caminábamos a prudente distancia.

La conquista del mundo

Aquella tarde en que conoció Miraflores estaba sentado sobre el piso de su cuarto, atento a lo que pasaba en su mente y delante de sus ojos, como casi todas las tardes de esos días de incipiente verano en que recién se han acabado las clases del colegio y un niño como él, de ocho años, no tiene mucho que hacer, solo ver ante sí una cartulina en la que se distingue el perfil de un mundo trozado por un sinnúmero de guerras y batallas y alrededor de ella un grupo de dados dispersos, recién arrojados, también papeles garrapateados con anotaciones minuciosas y al lado un enorme libro de Historia que tiene el lomo azul y gastado, abierto de par en par en unas páginas que muestran el rostro de Gengis Khan y un mapa de sus dominios en el año 1225. El niño observa los dados detenidos con los ojos muy abiertos, escribe debajo del nombre del Khan en sus anotaciones y está recogiendo los dados para lanzarlos una vez más cuando un grito lejano, quizás no cierto, quizás salido de su imaginación, lo llama por su nombre.

Después de un momento de suspensión, de precaria quietud, de aprensión ante lo que él sabe es casi una amenaza, se queda inmóvil, a la espera de un segundo grito, casi como quien cree superado un ataque de hipo pero aguarda con cierto temor la posible nueva descarga desde el interior del pecho. Y esta llega, irremediablemente; un alarido nítido que cruza puertas, escaleras, y asciende las dos plantas de la casa hasta su habitación. El niño reconoce la voz ajada de su madre, reconoce que Jonás es su nombre, y de un solo salto sale al exterior de la azotea, la cruza, baja las escaleras hasta llegar a la cocina. Una vez allí ve a su madre, que suda copiosa e infructuosamente tratando de encender un primus. A dos metros de ella está su hermana con la frente gacha, las manos juntas, la mirada derramada sobre el piso.

—Vístete inmediatamente —le dice su madre, secándose el sudor—. Tienes que acompañar a Beatriz.

Unos minutos después los hermanos recorren la calle contigua a su casa guardando distancia, como dos desconocidos. Se han acicalado como han podido. Lo único limpio que encontró ella fue un pantalón de dril, una blusa anaranjada con botones blancos muy grandes y unas alpargatas. Él, a su lado, lleva sus zapatos ortopédicos, un polo amarillo de nailon y un overol. Cuando ella lo vio salir del baño dispuesto a acompañarla pensó que nunca usaría zapatillas como cualquier niño de su edad, tampoco el pelo seco y sin esa raya que papá le había enseñado a llevar sobre la cabeza como un tatuaje.

Caminan por el medio de un pasaje ancho, orillado por dos grupos de casas de colores agotados, unidos uno y otro por una red enmarañada de cables. De las ventanas penden algunos cordones con luces de Navidad, aún apagadas por la hora. La calle se extiende hasta un parque muy pequeño en una de cuyas esquinas un grupo de hombres apoltronados sobre un automóvil inútil se detiene a observarlos. En otra situación ella apuraría el paso, o los miraría con desdén, o simplemente demoraría un poco sus movimientos para demostrarles que no le importa que la miren de ese modo o que digan cosas que a la distancia son difíciles de precisar. Pero esta tarde eso no va a ocurrir. Beatriz es consciente de que no debió dejar que la fuercen a esto; mucho más fácil hubiera sido encerrarse en su cuarto y no probar bocado hasta que ellos se arrepintieran de todo lo que le habían hecho, o mejor, escaparse de una vez por todas de casa sin dar señas de vida hasta que ellos la dieran por muerta y sufrieran sin consuelo. Hubiera hecho cualquier cosa de esas, en verdad, si no hubiera sido porque siempre le faltaba valor y porque mamá había amenazado una vez más con contarle toda esa malacrianza a papá. Beatriz entonces sintió sus manos empapadas. Como ahora. Para justificarse se dijo que además había quedado por teléfono con su amiga Nelly. Nelly la iba a esperar hoy por la tarde en su departamento; le había dado su palabra y Beatriz también le había dado la suya. No había posibilidades de dar marcha atrás.

El paradero aparecerá después de que atraviesen un segundo pasaje, igual de ancho pero mucho más largo que el anterior. A lo lejos se ven diferentes buses surcando veloces la carretera Central. En el trayecto Beatriz se cruza con algunas personas que la reconocen y a las que deja de lado sin saludar. Siempre que puede lo hace de muy mala gana, pero ahora, además, camina especialmente concentrada en sus pensamientos: planeaba tomarse la tarde libre, iba a tener el tiempo necesario para mirar a la gente que transitaba por las calles haciendo las compras de Navidad o para detenerse a observar la ropa de la temporada de verano en las vitrinas. No se le hubiera ocurrido nunca, o quizás sí, tal vez debió pensarlo, que su madre se iba a zurrar en sus dieciocho años o en su condición de universitaria. Beatriz toma conciencia, de pronto, de la presencia de su hermano al lado: sus pasos apurados, sus zapatos ortopédicos, su pelo pegado al cuero cabelludo, y de pronto siente un poco de pena por ella, por ambos. Era fundamental que la acompañara él, insistió su madre una, dos, tres veces; era un buen niño, Beatriz no podría objetarlo: siempre estaba callado, como ausente, como un ángel, y ella ni lo iba a notar, además era preciso sacarlo, hacerlo tomar un poco de aire, ver otras cosas, ella sabía, metido a todas horas en su cuarto, en silencio, los ojos fijos en la pared, en el piso. Beatriz intentó replicar, no se había quedado atrás tampoco, pero su madre, sin escuchar sus razones, gritó el nombre del hermano dos veces, y después de unos segundos, como si fuera una mascota sin voluntad o algo aun peor, el niño llegó hasta ellas, asintió sin abrir la boca, salió de prisa de la cocina para humedecerse el pelo y tatuarse la raya que le enseñó a hacerse su padre un par de años atrás.

Una vez en el paradero se sientan a esperar. El tiempo hace su trabajo silencioso y después de algunos minutos la rabia deviene en resignación y después en una ligera incomodidad. Beatriz ha dejado de escuchar sus propias imprecaciones y quizás por ello siente, de un momento a otro, el silencio que la separa de su hermano, sentado allí en la banqueta del paradero a la espera de algo y, con ello, de un destino que desconoce y por el que no parece tener el menor interés. El bus pasa cada veinte o veinticinco minutos, de modo que ella siente la necesidad, la obligación de hablarle. Imagina posibilidades para empezar a hacerlo pero todas le resultan impostadas. La mirada del niño perdida en la pista agrietada, sus ojos cerrados y sus manos debajo de sus piernas la disuaden.

Beatriz se hurga los bolsillos del pantalón para encontrar algo que hacer o en que pensar: extrae un grupo de monedas justo para los pasajes de ida y vuelta de ambos, y con satisfacción descubre que es posible que el dinero le alcance para comprar alguna gaseosa o quizás unos chocolates. Se encuentra ante una de sus últimas oportunidades: cuando se acaban las clases también se terminan las propinas, y este verano, como todos, habrá de pasarlo en casa sin hacer nada especial o distinto de ayudar a mamá a cocinar, limpiar la casa, lavar la ropa, o, los domingos, visitar a los primos cuando sea cumpleaños de alguna tía. Verá telenovelas, seguramente, y muchas, muchísimas series de televisión. ¿Y sus compañeras?, ¿las chicas que había conocido recién? En el extranjero, quizás, preparándose para pasar una temporada en sus casas de playa, al sur de Lima o en el norte del país; saldrán al cine los días de semana con sus enamorados, harán el amor en las habitaciones de sus casas cuando sus padres no estén, irán a fiestas hasta más allá de las doce de la noche, hasta las dos, quizás hasta las tres de la mañana. Beatriz aprieta los dientes: es difícil no relacionar todo eso con sus padres, con sus medias hasta la rodilla, la falda ploma de colegio cubriéndole los muslos, las rodillas, el paso apurado para no llegar a casa quince minutos luego de la hora de salida del colegio y ahora, años después, acompañada por su hermano una tarde de visita a casa de una amiga. Nada va a cambiar, se dice. Levanta el rostro y se altera mientras estira la mano porque el micro está por partir y por poco lo pierden. Como en un destello puede leer sobre sus lunas Vitarte-Miraflores-Florida.

Se instala en uno de los asientos del bus junto al niño que la acompaña. De pronto se sorprende diciéndose que ese niño es su hermano. Después de haber revisado las calcomanías de emisoras radiales que rodean al chofer, las ropas de un par de chicas de su edad, parecidas a las suyas, su propio rostro en el espejo del bus, ha sentido de nuevo una incomodidad que no entiende en un principio pero luego reconoce en el pequeño pegado a la ventana que mira el desplazamiento de las casas, las fábricas, los talleres de madera, el conjunto plomizo y sucio, la avenida Nicolás Ayllón, San Luis. Beatriz mira las mismas cosas y de pronto siente que ha encontrado el camino correcto para hablar; le dice al niño que el sitio que van a conocer es muy distinto de este, un lugar inimaginable, ya verá. El pequeño afirma con la cabeza, del mismo modo en que lo hizo con su madre minutos atrás, después vuelve a mirar cansadamente las altas casas de los cerros de El Agustino.

Beatriz se toma un tiempo para examinarlo. El bus avanza por la avenida San Luis y ahora entra en San Juan. Ambos se quedan observando las casas tarrajeadas solo por la fachada, algunos arbustos delante de ellas. El mercado mayorista de plátanos. ¿Todo eso tendrá algún sentido para él? Nota que el niño tiene otra vez los ojos cerrados, guarda la misma actitud en que lo ha encontrado muchas veces en casa, como instalado en un sueño forzado. A Beatriz esas cosas nunca le han dejado de parecer extrañas, le dan cierto miedo y por eso evita pensar en ellas. A Jonás no parece molestarle estar una sola hora en el parque de la vecindad o simplemente no jugar con otros niños días enteros, recibir pésimos juguetes o no recibirlos, acompañar a su madre a donde sea, dejarse vestir como un sonso; al lado de él, Beatriz ha resultado siempre rebelde, floja y malcriada. Pero también es una cobarde. Nunca defiende sus ideas, nunca dice palabra luego de que su padre levanta la voz, dice se acabó y se marcha. Los ambulantes del cruce de las avenidas Javier Prado y Aviación se lanzan a las ventanas del bus tratando de vender chocolates, sartas de cohetecillos, chispitas. Beatriz los ve desde una enorme distancia. Sabe de chicas que gritan a sus madres, lanzan una mirada amenazante sobre sus padres o simplemente se fugan de sus casas. Ella siempre ha querido tener el coraje para hacer algo así. ¿Qué era lo que le faltaba? Ahora mismo, sí, debería tener el arrojo para bajarse del bus en cualquier semáforo, abandonar a su hermano y subirse a otro carro sin rumbo definido, marcharse sola. El cobrador se acerca a pedirle pasajes. Beatriz le extiende unas monedas de modo mecánico. De pronto le resulta difícil incluso hablarle nuevamente al niño, a su propio hermano. Repentinamente todo le da miedo. Debería empezar en algún momento a enfrentar las cosas.

—Papá está feliz con tus notas —dice de pronto, con una voz que no percibe natural, como si hubiese arrojado un golpe cualquiera destinado a acabar con todo lo que piensa.

Frente a ella, como en cámara lenta, el niño despega los ojos de la ventana, la mira y le sonríe con neutralidad. Beatriz le está hablando. Escucha su propia voz diciendo que quizás el día de mañana le regalen algo, a lo mejor algo muy bonito, quizás hasta una Conquista del Mundo. El silencio del niño, su mirada imprecisa, aceleran su lengua: le dice que nada es imposible, ellos le han comentado una vez que saben que a él le gusta jugar igual a esas guerras por la posesión del planeta, que por ese motivo es que él anota nombres históricos en muchos papeles y echa los dados siguiendo las páginas de su libro de Historia azul. ¿Era así? ¿Enfrentaba personajes de tiempos y épocas distintas?

No sabe si ha sido que habló muy bajo, que la música del bus se elevó por encima de su voz, que el micro se llenó de gente que empezó a apretarse contra ellos, a distraerlos, pero la conversación se cortó. No está segura aún de si fue una conversación. El vehículo está casi repleto cuando se internan en Surquillo y desde su asiento ella observa cómo la gente suda, se da golpes, se manosea, escupe desde las ventanas hacia la calle. Después de algunos minutos por la avenida Angamos el bus gana la Vía Expresa: abajo, más allá del rostro del niño, se distinguen los escarabajos que recorren la vía hacia el Centro de Lima. Las casas van a cambiar de forma del otro lado del puente. El bus lo cruza, voltea a la izquierda, ingresa por un corredor cerrado de casas antiguas y de pronto, como un golpe visual sobre las ventanas, aparece la fachada del teatro Marsano. Beatriz se levanta de su asiento sin decir nada, como si de pronto hubiera estado sola todo el viaje. Pasa por entre los hombres y las mujeres colgados de las barandas del micro. Frente a ella se abren las aguas de un río de piernas, brazos y espaldas. La voz de la muchacha se eleva sobre el barullo y anuncia de un grito que se baja en la avenida Arequipa. El cobrador se aparta al final del recorrido. Un salto. Una inhalación fuerte y un alivio, y luego de alisarse los pelos y revisar cuánto se arrugó su ropa, simplemente comprueba lo que siempre supo: el niño está a su lado, indefectiblemente, y va a estarlo durante toda la tarde.

Mientras Beatriz empieza a recorrer la avenida piensa, como buscando un consuelo, que al menos está muy lejos de ser como él. No ha perdido las ganas de ver el mundo, no ha dejado de reconocer lo que le hace daño, la oprime. Quiere conocer a una persona, a un hombre bueno, distinto, que la libere de todo el agobio, de sus padres, de todo lo que la rodea. Mira los árboles altos de la avenida, las casas amplias, se entrega a una sensación de bienestar. ¿Qué podrá estar haciendo ahora ese hombre? Se ríe. Se ríe sola. Se siente sola. Siempre pierde el tiempo, horas y horas, pensando qué estará haciendo en ese momento aquel hombre. Ahora que está rumbo a un lugar concurrido se imagina si acaso esta tarde él se animará a visitar Miraflores, como ella. ¿Sería increíble, no? Podrían cruzarse en Larco y pasarían sin reconocerse, y nunca lo sabrían. A lo mejor se mirarían a los ojos y cada uno se olvidaría del otro hasta la vez en que se enamoraran de verdad. ¿Y si se conocían ahora? ¿Si a ella se le caía algo y él lo recogía como en el inicio de las telenovelas? Beatriz siente que su ropa no es la correcta pero no había otra, no había ninguna otra ropa limpia. Beatriz vuelve a reír, se avergüenza. No cabía duda: era una romántica, sus amigas siempre se lo decían, sí, soñaba. Sería cantante, actriz, estrella de algún programa. Terminaría sus estudios para que ellos la dejaran en paz. Lo tenía clarísimo. Cada vez que los padres la dejan encerrada en casa prende la radio y frente a un espejo se oye cantar, se queda en ropa interior, se mueve sensualmente y a veces le llega a parecer que no lo hace mal. Beatriz haría tantas cosas en el futuro si tan solo la dejaran. ¿Se animaría a contarle sus planes a Nelly? Difícil, se dice, quizás más adelante, y baja los ojos, después los cierra.

Sabe que en algún momento será inevitable regresar a su hermano y tener una vez más el deseo de perderlo de vista en algún lugar, dejarlo en una casa cualquiera. Por pensar en todas las tonterías que ha pensado no se ha dado cuenta de que el niño parece haber perdido parte de su aire distraído. Hace algunos metros tiene los ojos levantados del suelo y está mirando con alguna atención los chalets que bordean la avenida, los árboles que dividen los carriles y los palacetes que aún se mantienen a los lados de la Arequipa. Su mirada no parece ausente. Caminan. Cerca de la desembocadura de la pista, al acercarse al óvalo en cuyo centro una pileta lanza al cielo aguas altas y cristalinas y un enorme árbol de Navidad, adornado de cajas de regalos, se yergue como un monolito, el niño le coge el brazo, se lo aprieta con fuerza, como si ambos se hubieran topado de buenas a primeras con un animal extraño y amenazante.

—¿Te gusta? —pregunta Beatriz.

Su hermano permanece mudo, pero esta vez a ella le parece que su falta de palabras es comprensible.

—En este lugar trabaja papá.

La mano de su hermano, blanda, invertebrada, mantiene cierta presión sobre la suya cuando cruzan la avenida Ricardo Palma. Beatriz la aprieta y entra de golpe entre las tiendas, los cafés y los centros comerciales de la avenida Larco. Zigzaguea sobre el asfalto esquivando grupos de muchachos, señores repletos de bolsas, chicas con ropas muy ligeras. Luego de algunos metros Jonás le tira la manga, primero imperceptiblemente, después con alguna firmeza. Le ha señalado algo, se queda mirando una cosa específica, ha lanzado la primera pregunta. Al principio Beatriz explica todo con algo de desgano. Luego, estimulada por la insistencia de su hermano, por las preguntas que hilvana sobre sus respuestas —¿de dónde llegan las revistas de esos quioscos?, ¿hay alguna tienda donde vendan libros con dibujos?, ¿por qué lugar trabaja papá?—, una extraña ilusión, la tenue esperanza de un vínculo familiar, la anima a ser más dedicada: ella conoce los cafés con sus mesitas fuera de la calle, la confitería con sus amplios estantes, la iglesia del otro lado de la pista. ¿Querrás un barquillo? El niño responde que sí, se deja conducir dócilmente y en el puesto de la esquina lo recibe con voluntad, la mira mientras se lo lleva a la boca.

Para cruzar la avenida Benavides ella lo vuelve a tomar de la mano. En un claro de luz de la avenida, Beatriz lo ha visto sonreír justo cuando el sol bañaba su rostro y su helado. Quizás con los años algo pueda cambiar, se dice, a lo mejor la adolescencia lo podría transformar en otro, tornarlo rebelde, desobediente. Beatriz desea que su hermano sea ya mayor, alto, muy alto, un muchacho distinguido, a la moda, que incluso pueda acompañarla a las fiestas, defenderla de cualquier persona, incluso de sus propios padres. Para cuando la acera de Larco se angosta y ralean las tiendas y restaurantes, Beatriz avizora la posibilidad de un horizonte tan despejado como aquel que se ve al final de la avenida.

El niño, como para confirmar sus esperanzas, pregunta de un momento a otro si van a llegar hasta esa franja azul que se abre al fondo, ante ellos, y que a lo mejor es el mar. Ella le responde que no. Y de pronto cae en la cuenta de que están a unos pasos del edificio donde vive Nelly. Beatriz se sobresalta. Mientras descubre el intercomunicador, presiona el número, pregunta por su amiga, le es difícil administrar sus nervios. Piensa qué podrá decir sobre la presencia de su hermano. En el ascensor se le ocurren algunas ideas, ciertamente, pero ninguna concreta, todas chocan entre sí, se anulan unas a otras; está alcanzando una pero ya la puerta del ascensor se abre y detrás de ella, más allá del rellano, en la puerta del apartamento, aparece Nelly, solícita, saludándola con esa voz tan suya, con ese acento tan particular, y luego, con sorpresa casi teatral, al pequeño. Luce como siempre y eso no le sorprende a Beatriz: usa también un jean, aunque se ve muy distinto de cualquiera de los suyos; su cabello tiene otra textura, a pesar de que no parece haberle puesto nada extraño. Le queda tan bien.

El niño ingresa después de su hermana, detiene su mirada un segundo en la alfombra, luego en los tejidos sobre los muebles, en los adornos, los cuadros con bailarinas y, más allá, en los ventanales de vidrios oscuros que dan a la calle. Se sienta al lado de Beatriz. Junta las piernas, los labios, se toma las manos y empieza a perderse en una revisión de todo cuando la voz de Nelly lo saca de su concentración.

—¿Una Coca Cola? —le pregunta.

—Sí, gracias —responde el niño, con voz nítida.

Nelly deja la sala. Beatriz respira con cierto alivio. Se escucha una voz de mujer mayor al fondo. También la voz de Nelly. Luego de unos segundos la anfitriona llega con una bandeja en la que se pueden ver dos vasos altos llenos de gaseosa. El líquido se ve

distinto cuando sobre él flotan esos hielos tan pequeños, casi traslúcidos. Los vasos también son mucho
más elegantes cuando yacen sobre posadores y están
revestidos de servilletas de papel. Beatriz observa con
ternura cómo su hermano se esfuerza de un modo in-
decible por tomar con cuidado el vaso y llevárselo a la
boca sin mancharse, cómo revisa disimuladamente los
hielos, como si se tratara de piedras preciosas sumergi-
das en las burbujas de la bebida. Beatriz ha observado
los efectos que causan las atenciones de Nelly con ad-
miración y algo de envidia. Ella también vivirá en un
lugar así y tendrá siempre algo que ofrecer a sus invi-
tados. Se convertiría en alguien como Nelly. ¿Sería
complicado? Nelly era muy bonita, como muchas chicas que estudiaban en la universidad, pero en verdad
no se parecía a nadie. Las otras sencillamente nunca le
hablaban o se saludaban entre ellas y a veces se pasaban delante de sus narices, en clases, las tarjetas de los
matrimonios o de las fiestas que tenían o hacían gestos de náuseas y se llevaban el dedo a la boca cuando
ella y otras compañeras como ella exponían en clases.
Nelly era de otro país y quizás por ello le había hablado algunas veces y, de un momento a otro, casi se había vuelto su mejor amiga, más aún ahora que había
aceptado que ella, Beatriz, le hiciera una visita. Ahora
mismo parecía no importarle la presencia de su hermano. La miraba con sus ojos tan claros mientras le
iba contando con ese acento tan pausado y suave lo
que iba a hacer en el verano. Sí, claro, regresaría por
unos meses a su ciudad, a estar con su padre, vería al
novio que dejó, tomaría algunos cursos libres en una
universidad de allá, iría a la playa. ¿Eran mejores que
las de Lima? Claro, claro que se lo imaginaba. Beatriz

repite todas las frases de Nelly como si fuese un eco y de pronto eso la avergüenza; una vez que se percata de que su hermano se encuentra distraído, lejos de ellas, atento a unos libros de cuero resguardados por un estante de vidrio, se anima a señalar también, con una voz muy suave, la más suave de que es capaz, que ella haría precisamente algo similar; bueno, estaba peleada con su enamorado, siempre lo estaban, tal vez terminaría con él este verano, la verdad no sabía. Era muy celoso. Se sentía encarcelada. No la dejaba hacer, vivir. ¿Pasar Año Nuevo con él? No, qué va. Lo recibiría con sus tías y en familia, nada especial. Qué pena que Nelly se tuviera que ir durante esos tres largos meses de verano; le hubiera gustado conversar con ella algunas veces más. ¿Porque eran amigas, verdad? Claro, responde Nelly, y después habla de la universidad, de la inconveniencia de estudiar solo mujeres, que quizás por ello las chicas se ponen tan pesadas y observadoras, también de los problemas que tiene con los idiomas y de su vocación de traductora, como ella. Beatriz ha preparado algo para decirle, una idea muy interesante sobre todo eso, pero Nelly, después de sonreírle varias veces, le dice que está algo apurada porque dentro de unas horas tiene un compromiso y debe volar al peluquero. Necesita alistarse.

Los dos hermanos dejan la casa luego de los abrazos y los deseos de una feliz Navidad y un próspero Año Nuevo. Al tomar de regreso la avenida Larco por la acera de enfrente, Beatriz pasa un brazo sobre el hombro de su hermano. Era amiga de Nelly. Ya en abril se encontrarían de nuevo, y quizá entonces ella ya se amistaría con el novio que tendría y a lo mejor se lo presentaba: podrían salir los cuatro por la calle a tomar unos helados y a caminar por el malecón. Dos parejas de enamorados jóvenes gastándose bromas y riéndose. Sería lindo. Pero ¿les dejaría papá? Beatriz siente de pronto sus manos húmedas, un ligero erizamiento de su piel pese al sol de la tarde. Vuelve a mirar al niño y nota que él está ensimismado también, enfrascado en sus propios pensamientos. Hay que volver a casa pero es más temprano de lo que ella preveía. Nelly había tenido que hacer.

Después de algunas cuadras se desvían por la avenida Schell y llegan una vez más al parque Kennedy. La luz de esa hora de la tarde parece dorar los edificios y a algunos señores que leen sus periódicos a la sombra de los árboles, sentados con las piernas cruzadas sobre unas bancas antiguas. Los algodones parecen volar como si fueran aves por los aires y Beatriz siente de pronto la fuerza del niño en la mano, como si la impulsara a entrar en el parque. Ella tiene otra idea en mente desde hace unos segundos y la impone presionando el hombro del pequeño. Los dos se acercan al cruce de Schell con Diagonal y después de esperar el cambio de luces del semáforo se meten a la enorme tienda de juguetes de la esquina: él se olvidará del mar, piensa ella, del parque, de Nelly, olvidará todo Miraflores. Cuando tenga su edad solo recordará los juguetes de esa tarde y le preguntará dónde fue que los vio. Ella le dirá dónde y él la miraría a los ojos con una maravillosa sonrisa juvenil detrás de la mesa de un restaurante muy elegante. Ambos comentarían cuánto tiempo había pasado desde entonces.

Una vez dentro, Beatriz pierde de vista a su hermano y repasa por su cuenta algunos juguetes; por una secreta razón se detiene en las Barbies. Coge a una y la observa con detenimiento. Siente con intensidad que pronto algo va a cambiar. Después de todo, esta no resultaba ser una tarde tan mala. De algo había valido que ella aceptara salir con su hermano. Quizás algo entre ellos había sucedido. Beatriz deja la muñeca y empieza a buscar a Jonás por la tienda; recorre un par de pasadizos con calma y solo ve niños extraños corriendo y gritando, uno se tropieza con ella, un padre le pide disculpas. Su hermano no está por ninguna parte, de modo que empieza a sentir apremio; se acerca a los juegos de mesa, regresa, está trotando, siente que de súbito su pecho se agita presa del pánico y que sus manos se vuelven pegajosas y húmedas, y está casi por gritar cuando lo descubre agachado en una esquina, concentrado en la expectación distante y tímida de unos ejércitos antiguos, parece no parpadear. Beatriz se apoya en la columna de un estante, ha alejado de sí un vahído y al ver a su hermano así, a salvo, atento a esos soldados, recuerda algo de pronto, le parece inconcebible haberlo olvidado. Apura el paso y se acerca a una dependiente, le hace la pregunta, escucha la respuesta: sí, claro, ella sabía que un juego con ese nombre ya no existía; la Navidad del año anterior sus padres y ella lo habían buscado por varias tiendas de juguetes, en Miraflores y San Isidro, y no lo habían encontrado. Había sido una experiencia frustrante. Y más para su hermano. La mujer que habla con ella pone cara de circunstancias mientras Beatriz le explica las características de lo que busca: un mapa con una división antigua de la Tierra, jugadores que despliegan sus ejércitos para conquistarlo todo con ayuda de los dados. Hay tanques, submarinos, aviones, todo como en la Segunda Guerra Mundial. O algo así. La mujer le dice que cree saber a qué se refiere. Le pide unos segundos. Un minuto después, Beatriz se acerca con ilusión a su hermano.

—La Conquista del Mundo existe —le dice con un tono pícaro, y al verlo voltear se alegra doblemente porque advierte que el niño tiene el pelo casi seco y la raya se ha empezado a desdibujar sobre su cabeza—. Ahora tiene otro nombre: se llama *Risk,* y lo van a bajar para que lo veamos.

La vendedora se acerca a ellos después. Lleva en las manos una caja amplia, roja, y casi adivinándolo todo se la extiende directamente al niño. Este la toma como si se tratara de un objeto muy lejano, salido de otro mundo: las manos le tiemblan, los ojos parecen crepitar: en la superficie del cartón se pueden observar los antiguos linderos del orbe, los ejércitos representados por caballos, cañones y bayonetas. Las manos pequeñas del chico se pasean sobre los dibujos como si quisieran infundirles una vida que no tienen. Sus ojos se cierran como para permitir un acercamiento más directo, y luego se abren para comprobar lo que ha estado tocando con sus manos. En una de las esquinas de la caja Beatriz observa, radiante, una etiqueta. Ve los signos, los reconoce, y duda. Después de vacilar un instante hace la pregunta.

—El precio está en dólares —le responde la mujer—. El producto es importado.

Salen en silencio a la avenida Diagonal y se internan en el parque Kennedy con lasitud. El niño no dice una palabra más. Ahora camina a su lado con calma y mira de cuando en cuando sus zapatos ortopédicos. Nada alrededor parece llamarle la atención: ni las pinturas desplegadas en las aceras, delante de los árboles, ni las palomas que se arremolinan sobre una persona sonriente que les da de comer. Beatriz no puede evitar el regreso de cierta angustia, pero ahora sospecha que no va a poder soportarla una vez más, menos aún si llega a ella mezclada con ese sentimiento de culpa. El sudor que mana de su piel ya no le sorprende; no podrá tomar al pequeño de la mano. Tiene deseos de huir.

—Tenemos que apurarnos, se hace tarde —alcanza a decir mientras empieza a caminar rápido, como si alguien la siguiera.

El niño la ve dar grandes trancos. Empieza a trotar, a perseguirla con un ligero temor. Seguirla es esquivar a las personas que salen de las oficinas y cruzan de un lado al otro el parque, intentar tomar una mano que está siempre adelante, perdiéndose. Intentar asirla. Correr. De pronto, en medio de la agitación, Beatriz siente que alguien muy fuerte la tira del brazo: su hermano, agitado, la está mirando una vez más a los ojos.

—No me importa la Conquista del Mundo —le dice, con inesperada firmeza—; solo quiero saber dónde trabaja papá.

Beatriz se paraliza como una estatua de cera, mira los ojos del niño, un devaneo repentino la fuerza a depositar su mirada en algún elemento del parque: sus ojos alcanzan las contorsiones de un mono trepado sobre un organillo, azuzado por un hombre que lleva puesto un gran sombrero de paja. La sobrecoge un deseo de abrazar a su hermano, pero el temor la mantiene estática. Más allá de los jardines, atravesando el pasaje Champagnat, está aquello que teme y ha deseado mantener lejos durante toda la tarde. Beatriz hace un último esfuerzo. Le dice a su hermano que a lo mejor no, a papá no le gusta que lo interrumpan en el trabajo, él conocía muy bien el mal carácter de papá. Jonás la toma de la mano y le dice que solo de lejos, solo ver el lugar donde trabaja. Ella podría intentar otra salida pero supone que debe de ser el cansancio, los ojos penetrantes de su hermano, la distante Conquista del Mundo, el sol que ya cae sobre el mar y le ciega la vista cuando mira hacia el Champagnat. De pronto ambos están caminando en dirección de ese lado del parque, rumbo a la avenida Diagonal. Algunos pasos antes de llegar al lugar preciso Beatriz lo detiene:

—Nos vamos a ocultar detrás del quiosco—le dice.

Cruzan la pista exactamente a la altura del ovni, el pequeño establecimiento que está clavado justo en el medio y al inicio del pasaje. Beatriz quiere recuperar cierta naturalidad y desde ese deseo está respondiendo al saludo del vendedor del puesto: le parece que este es el momento propicio para gastarse las monedas de la tarde que han sobrevivido al helado, hacer algo de tiempo. Pide dos gaseosas y entonces se da cuenta de que tiene mucha sed y de que le resulta arduo reunir algo de saliva en la boca. Su hermano, a su lado, parece esperar sus indicaciones. Beatriz se lleva la Inca Kola a los labios, se está diciendo que lo mejor sería acabar con todo eso de una vez y entonces se anima a mirar rápidamente el pasaje: distingue el quiosco de revistas a la izquierda y más allá el puesto de los lustrabotas, varias mesas sobre las que algunas personas juegan ajedrez, despreocupadas por el viento que empieza a anunciar el fin de la tarde. Un vértigo la jalonea, y se expande. Lo ha visto. Es el momento.

—Mira muy rápido —le dice precipitadamen-
te a su hermano—. Allí está papá, al fondo.

El niño entonces saca la cabeza del ovni y mira
con detenimiento todo lo que se muestra delante. Su
rostro, tal como lo puede ver Beatriz, solo refleja desconcierto. Al principio parece que no lo pudiera reconocer
allí, como está, parado en la puerta del establecimiento.
Por el movimiento de los ojos y de la cabeza parece que
lo buscara en otros lugares, en otros hombres, sin iden-
tificarlo. Sus ojos vagan un tiempo y después, siguiendo
las indicaciones de ella, en la puerta, muy al fondo, parece encontrarlo: papá es ese señor que en el umbral de
una pizzería saluda, muy atento, a los comensales que
entran. El niño parpadea muchas veces para asegurar-
se de que aquello que mira es cierto. Por su rostro parece
que verlo todo así, como está, le toma un considerable
esfuerzo. Beatriz se figura con temor las consecuencias
de lo que ha hecho. Papá era muy distinto sin la cartera de cuero, los lentes oscuros, el saco de corduroy. Papá
se veía muy distinto allí, dentro de ese uniforme: la cor-
bata michi, la chaqueta y el pantalón negros, la camisa
blanca y el paño colgando de su brazo derecho. Papá se
veía muy distinto sonriendo; sobre todo eso, muy distinto moviendo la cabeza y sonriendo.

Un ramalazo de frío le dice a Beatriz que ha
sido suficiente; está extendiendo su brazo para coger
a su hermano cuando se percata de que él ya no está
más a su lado. Ha dado un par de pasos más con dirección a su padre, como si desease cerciorarse sinceramente de que ese señor que lo empieza a llamar desde
el otro extremo del pasaje con gestos enérgicos, grandi-
locuentes, es papá. Beatriz lo está viendo todo como si
ocurriese en un tiempo distinto del real o físico, como

si algo muy valioso y a la vez frágil se estuviera cayendo al suelo de un modo lentísimo y a la vez inexorable. Se siente dentro de una burbuja temporal porque mientras su hermano, como en un sueño lejano, está avanzando otros pasos en dirección de su padre, ella ha intentado hacer un movimiento con todas sus fuerzas pero le ha resultado imposible: sus piernas están atornilladas al suelo, como si no corriese sangre alguna en ellas. En medio de esa desesperación casi inmóvil, Beatriz gana la conciencia abrumadora, atroz, de que su padre los descubrió.

El niño camina hacia la pizzería y Beatriz lo ve alejarse de modo inevitable, resuelto, hacia su padre. Beatriz sabe que continúa escondida, que debería moverse de una vez, pero a lo único que atina en ese momento es a desear ser Nelly, o alguien como Nelly, o alguien como cualquiera de las chicas que estudiaban con ella en la universidad o aun como cualquiera de las chicas que no lo hacían.

Se mantiene pegada al ovni mientras el niño se aleja. En verdad no falta demasiado para que anochezca. Beatriz reúne las pocas fuerzas de que es capaz y empieza a caminar trabajosamente en sentido contrario al niño, protegida por la silueta del ovni, rumbo al parque, rápido, cada vez más rápido, y cuando siente que las lágrimas salen de sus ojos y también una risotada fuerte, contundente, nota con pavor que sus piernas empiezan a obedecer a su mente, a correr, a desplazarse con velocidad sobre la acera.

Tierra prometida

Jesus,
help me find my proper place.
Lou Reed

Tú estás sentado en uno de los asientos del carro que corre en la noche a un ritmo de locos y esta vez, inexplicablemente, no le tienes miedo a la velocidad. Has gritado, te has reído, le has dicho a él, le has escuchado decir que los dos se van a la tierra prometida, a Canaán, a un sitio que corresponda con tu nombre bíblico. Tú y Bruno a bordo del BMW, la mirada de ambos fija en la autopista, los ojos repasando una y otra vez las serpientes blancas, rígidas, que de pronto se iluminan en la grava y desaparecen bajo las ruedas del coche, tragadas por la brea. Más allá no hay otra cosa que una oscuridad apenas tachonada por las luces de los cerros lejanos, algunos carros que dejan atrás, conductores anónimos que, se te ocurre ahora mientras coges una lata de cerveza de las que están a tus pies, quizás no merezcan vivir.

Bruno canta rabiosamente *I'm So Bored With The USA* y después te busca con la mirada. Los dos se observan desde la distancia cómoda de sus cigarrillos aún deformados por la hierba y de pronto sabes que la música explota, está haciendo añicos las partículas de aire dentro del carro. Miras la hora en el tablero frente a ti —las once y veinte— y piensas que aún falta demasiado para que todo esto se desacelere o se pierda. Le das un toque al pucho, cierras los ojos y no sabes por qué te dan ganas de recordar cómo es que empezó todo esto. Te preguntas si podrás. Le preguntas a Bruno. Lo ves tomar una lata de cerveza, llevársela a la boca, succionarla, secarse los labios con la manga de la chaqueta. Los dos están parados en medio del Sargento Pimienta. No, antes habían ido a ver una película, ya ni recuerdan cuál. Después se metieron al Bohemia y allí, en el segundo piso, sentados en un par de bancas altas, mirando a ratos el óvalo y a ratos a las parejas que conversaban, se quedaron mudos. Salieron de ahí cagándose de la risa ya no recuerdas de qué, quizás de lo absurdo de la situación dice él, y se subieron al auto. Después estabas pegado a la luna viendo el mar, parado frente a un puesto de sánguches a unas cuadras del óvalo Balta. Después es que están en el Sargento: la misma cola de gente pegada a la pared roja esperando pasar el control de la puerta. Abren los brazos, se dejan palpar los torsos, separan las piernas y entran por el pasadizo alto y estrecho hasta dar con la cancha abierta. Las sillas están todas tomadas y ustedes avanzan entre la gente en busca de un sitio. Bruno reconoce a unas chicas que estudian con él en la universidad pero que nunca lo saludan; tú, a un grupo de fotógrafos y diseñadores gráficos del periódico en el que trabajas. Te saludan de lejos. Haces lo mismo. Fuiste al baño y al regresar Bruno tenía una cerveza. Ambos se sentían mejor ahí, estaban ahí, tomaban la chela, miraban a la gente, escuchaban la música y la seguían con movimientos de cabeza, intercambiaban ciertas frases, comentarios sueltos, estaban allí y sabían que estaban allí, pero de pronto había algo que los separaba de las cosas como si todo estuviese pegado a un ecran. Exacto, loco, dice Bruno. Tú ríes. Bruno tomó la chela de pico, como hacen todos en el Sargento, y te sirvió en un vaso descartable; ambos se acabaron la botella de golpe y caminaron un rato entre la gente buscando algo, no sabían muy bien qué: vieron con indiferencia tipos con el mismo aspecto cuidadosamente desaliñado, los fotógrafos de siempre, un par de pintores, chicas estudiantes de arte, de comunicaciones, cronistas en noche de juerga, un crítico de arte, un curador. Pediste una cerveza más en el cuarto cerrado del fondo. Mientras fumaban y se servían vieron un grupo de chicas solas. Se quedaron mirándolas hasta que el trago desapareció.

—Unas cojudas —dices, y ves a Bruno asintiendo con el cigarro atrapado entre los labios. Se lleva una mano a la boca para liberarla.

—Una bola de estúpidas niñas «artis».

Las miraron durante un largo rato. Las vieron sonreírse, abrazarse, bailar lésbicamente. De pronto Bruno, pegado a las escaleras de la sala de conciertos, te dijo que en verdad no se sentía del todo bien, en ese lugar no se sentía en absoluto mejor que en otros sitios, en todo caso solo cuando estaban con ustedes los otros dos amigos, cuando los cuatro se ponían a hablar estupideces, se reían unos de otros, miraban los culos, las tetas, qué sabía él. El resto era siempre como un telón de fondo. En verdad, te dijo, mirándote fijo a los ojos, nunca se hubiera sentido cómodo si no fuera por ellos, por ti. Ahora estaban los dos solos y él te conocía, ya sabía cómo eras, te estaba confesando que ese sitio de mierda en que estaban le llegaba a la punta del pincho.

—A mí también —le dijiste.

Bruno te hace un brindis vaciando el contenido de otra lata de cerveza. Después no recuerdas cómo fue. Él le da una pitada ansiosa a su pucho y te dice que tampoco sabe cómo fue, se tirarían más de una vida intentando saberlo. Tú ves al otro lado de la ventana una fila de cerros sin luces, la autopista de la vía Evitamiento. No recuerdan ni siquiera quién dio el primer paso, quizás él te dijo que podrían hacer algo distinto, algo diferente o si querías se quedaban ahí, no sabía bien, él conocía otros lugares, te dijo, pero no sabía si te iban a parecer extremos, quién sabía, la noche del sábado recién arrancaba, tenían tiempo para emprender algo distinto si tú querías, si es que te animabas. Le dijiste que en verdad estabas para hacer cualquier cosa que no fuera quedarse en esos lugares a los que habías estado yendo por inercia los últimos tres o cuatro años de tu vida.

—Vamos al Cono Norte —te dijo de pronto, después de unos minutos de silencio, cuando mirabas por enésima vez a la chica de la noche, abrazada de otra y con un vaso descartable de cerveza en la mano—. ¿Has ruqueado alguna vez?

El carro sube por una avenida que ya no conoces. Han dejado atrás la Plaza de Acho, Palacio de Gobierno, corren parejo al lado del río Rímac en una zona que no puedes determinar. La pista se ha estrechado y tú ves por la ventana barrios más apretados, escaleras empinadas que los trepan, puentes peatonales altísimos y grises que se elevan por encima de sus cabezas, paraderos oscuros en los que aún hay gente que espera la llegada de algo, posiblemente combis. Ahora el auto deja atrás camiones, buses interprovinciales.

—Los Olivos es el *target* —te dijo Bruno una vez que estacionaron en un grifo de Barranco a comprar los six pack de cerveza en lata—, la tierra prometida.

Le das un sorbo más a la cerveza y al ver más allá de las ventanas eres consciente de una nueva seguridad en ti, en él, en ambos. El carro de Bruno ha dejado de ser un estupendo carro, es un maldito BMW que se desplaza mudo, flotando, entre el paisaje gris que bordea ambos lados de la pista: los depósitos de buses, las fábricas de mayólicas, los mercados de frutas. Bruno conduce tranquilo, no se inmuta, hace redobles de batería sobre el timón y entonces tú le dices que te sorprende lo bien que conoce esta zona, pendejo, y él se ríe, se ríe y te dice que esta noche puede ser Virgilio y tú deberías ser un Dante a la altura de las circunstancias, loco. Eres Dante a la altura, piensas, después lo gritas, y te acabas de un sorbo muy largo lo que queda de chela en tu lata, sientes el frío de la bebida en la garganta, y abres otra inmediatamente porque el carro acelera y Bruno ha subido al tope el volumen del equipo y la batería de Headon ya arrancó, la cara de Bruno se ha superpuesto al rostro de Strummer cantando *Janie Jones* y tú te preparas para acompañarlo cuando entra el bajo, las voces de los coros, el alarido de Bruno y los dos mirándose al rostro como los locos que gritan y escuchan *Janie Jones* en la ambulancia de una película de Martin Scorsese que se pierde en Nueva York. Pero esto es Lima, piensas, esto es peor que cualquier infierno, gritas, esto es una puta maravilla.

Bruno se pasa la luz roja que viene, no hay otra alternativa con la música, y a ti te dan ganas de estrellarte, de salir disparado por la ventana, volar lejos de la ciudad. Dos camiones quedan atrás, un par de buses, varias cuadras y ahora es el turno de Jones, las manos de Bruno redoblando la batería superpuesta al timón, otro semáforo, los gritos a la gente que camina en las calles, nuevamente Strummer, el último tema del disco, la mano de Bruno bajando bruscamente el volumen del equipo.

—A dos cuadras está el sitio —dice de pronto—. Nuestro nuevo hogar.

Ahora están parados en medio de una larga cola, al lado de un paredón que, si no fuera por la bulla dentro, tomarías por fachada de una gran fábrica. Desde que bajaron del carro el espacio te ha parecido absolutamente distinto, sucio, plomo, agresivo, y eso te ha encantado. Tienes en la mano una cajetilla de cigarrillos que le compraste a una de las mujeres que se abalanzó sobre ustedes no bien sacaron los pies del auto. Miras la hora: más de medianoche. Volteas el rostro: desde apretados taxis o en carros en donde entran a duras penas siete, ocho personas, bajan varios grupos de chicas. Ves que todas están maquilladas, llevan los labios encendidos, ropas ceñidas de lycra, los cabellos teñidos con dureza. Algunas mastican chicle; una de ellas, en minifalda y botas, te parece asquerosamente deseable. Son ruquitas, escuchas decir a Bruno, su aliento cerca de tu oído, hua-cha-fi-tas. Estás riéndote frente a la boletería y luego de un control de pantalones y bolsillos, tú y él se abren paso por un sitio que parece tener las dimensiones de un estadio, primero una zona llena de mesas de ping-pong y juegos de sapo, luego otra de mesas de plástico y sombrillas. Ves los grupos de chicos y chicas que toman cervezas en jarras y de pronto miras tus sandalias de cuero sobre el canto rodado, repasas tu pantalón delgado y cómodo, el polo de algodón, la camisa abierta sobre el polo; ves a Bruno a tu lado y te dices que en ese sitio los dos resultan atractivos, definitivamente lo son, lo tienen que ser. Más allá, al fondo, debajo de un enorme techo de paja, un millar de personas salta al compás de otra música. Se acercan a ellas registrándolo todo. En la barra Bruno pide una cerveza.

—Aquí empieza la diferencia, loco —te dice, sacando un billete de diez soles, recibiendo a cambio dos monedas de un sol y una enorme jarra de cerveza.

Bruno sirve, la cerveza es distinta, la notas menos espesa que en otros sitios. Ambos chocan sus vasos llenos, se miran a los ojos, se sonríen. Más allá de toda la muchedumbre que ahora transpira al lado de ustedes, pegado a la pared del fondo, encima de una plataforma enorme, un grupo de bailarinas seguramente pagadas por el local ensaya una coreografía, algunos grupos de chicas han subido a bailar al lado de ellas. Miras a una, que tiene unos cabellos lacios y teñidos de naranja, las piernas largas, gruesas. Sobre sus cabezas un cartel gigante informa que el nombre del sitio es Pitcher. Al lado de ustedes pasan dos morenas altas, ambas con pantalones blancos, al cuete.

—El sitio tiene sus cosas —dices, haciéndole un gesto cómplice a Bruno.

—Canaán, loco —dice él, antes de tomarse un jarrazo del pico.

La dinámica es casi como te la habías imaginado: una serie de parejas bailan a un lado, fuera del campo de batalla; aquí y allá se pueden distinguir nudos de adolescentes amarradas de los brazos —has identificado a tres o cuatro como para revolcarse, un par más o menos, muchas con las que no pasa nada, una que fuera de este local podría seguir siendo bonita—, en torno a ellas piquetes de tipos que toman solos, igual que ustedes, miden la chela y miran la pista central como si fuera una vitrina. Son como aves de presa que calculan bien la distancia, piensas, lo tasan todo, lo evalúan y de pronto se lanzan en picada al cambio de canción; a veces ellas aceptan porque simplemente quieren bailar, otras veces se niegan, siempre las causas son difíciles de precisar. Cuando una acepta bailar contigo, le dices ahora a Bruno, hay que hacerlo toda la noche sin soltarla, hablándole de lo que sea, si es entre grupos de amigos mejor, después nunca se sabe, ¿no? A lo mejor un teléfono, un agarre, el telo. Bruno te ha escuchado y te dice que sí, acá las cosas están mucho más claras. No hay espacios para la cojudez, dice, la hipocresía, todo es más directo, salud por ello.

Pasan algunos minutos y solo entonces reconoces a la que te gusta. Está rodeada de amigas que bailan entre ellas y cuando alguien se le acerca para sacarla ella los rechaza fingiendo indiferencia. Bruno está mirando la arena, pensando en cosas que deben ser parecidas a las tuyas, escogiendo a su presa porque así son las cosas aquí, pidiendo otra jarra. Le dices que tienen que moverse y entonces dan una vuelta alrededor de la masa que baila, llevan la jarra y los vasos en la mano; del otro lado de la discoteca o como eso se llame, hay unos altos en donde otras chicas se mueven con estrépito. Dos de ellas tienen cuerpos de vedettes, no parecen estar solas. Distingues varios asientos desocupados y le dices a Bruno por qué no sentarse ahí, ver las cosas desde arriba. Lo van a hacer pero un hombre de seguridad los detiene en la escalera, esa es la zona VIP, les dice, cinco soles más. Bruno y tú se ríen y se quedan abajo, mirando desde su esquina el vapor sudoroso que borronea a la gente.

—Deberías venir otro día con un polo que tenga estampada la foto del carro de tu viejo y una leyenda que diga: «Este carro está afuera y es mío» —le dices—, por ahí que la hacemos.

Dejas a Bruno sonriendo solo y concentrado en mirar a la gente. Le has dicho que vas al baño un rato. En el camino te cruzas con varias mujeres, una o dos te llegan a mirar, o eso te parece, otra te dice dónde queda exactamente con una sonrisa coqueta. Ves la puerta y mientras caminas te dices que tienes que hacer algo, pensar rápido, operar rápido, ser tú. Entras. Hay un ramalazo de mal olor y una laguna enorme, al fondo unos toneles llenos de agua; no sabes para qué sirven y tampoco quieres averiguarlo. Te acercas al urinario. Varios hombres se sacuden las vergas pegados a la pared, después se miran en el espejo largo y sucio, se mojan el pelo, se dejan caer gotas por el cuello que después se cuelan por debajo de las camisas, de los polos: tú también te miras en el espejo y ves a los hombres que te rodean, te dices que el alcohol ha ablandado tus rasgos, quizás sea el contraste, la talla, te ves bien, te sientes bien. Buscas un jabón o algo parecido y no lo encuentras. Sales y decides bordear a la multitud por el lado opuesto al de Bruno, te colocas entre un grupo de hombres solitarios y descubres a la chica que crees que es la que te gusta: está bailando con un tipo. La música acaba, los hombres se abalanzan y de pronto haces lo mismo, sin medir la dirección. Coges una mano, ves el rostro de una chica que ha aceptado bailar contigo. Te dices que estás haciendo lo correcto: durante el baile te ha lanzado un par de miradas curiosas. Sabes que tienes que actuar de una vez y le dices algo. Le preguntas qué hace, a qué se dedica, te escuchas gritar, y luego con quién ha venido, de qué parte de Lima es. Ella responde todas tus preguntas. Parece que estudia enfermería, con primas, en San Martín de Porres. Después de cada respuesta calla y te mira de reojo, espera una nueva pregunta, sin duda, pero a ti no se te ocurre nada aceptable, todo lo que piensas te suena obvio o crees que no lo va a entender. Cuando la música termina y estás dudando entre decirle para seguir bailando o no descubres a Bruno en una esquina, mirándote muy serio, fumando un cigarrillo.

Vas y le preguntas qué le sucede y él responde con un tono duro que nada, simplemente ocurre que está cansado de todo eso, todo ese ritual, todos los estúpidos bailarines y de todas esas chicas pacharacas, ¿qué chucha les pasa?, ¿qué chucha se creen esas cojudas?, mostras de mierda. Le das la razón en todo a Bruno y lo jalas a la barra. Te escuchas decir que las hembritas a veces se disfuerzan, se ponen cojudas, pero en el fondo todas quieren, no hay que dejarse vencer por el primer tropiezo, a todos les pasa, en serio.

—Tengo una amiga que vive por acá —te corta de pronto Bruno, mirando fijamente a la gente—; no tengo que arrastrarme por cualquier cojuda.

—No tienes por qué hacerlo —le dices—. Llámala.

—La conocí hace unos meses con el Chino, mi primo, y no la veo mucho porque nunca me da el ánimo para venir hasta tan lejos.

—Llámala.

—A lo mejor tiene varias amigas.

Le dices una vez más que la llame y él te dice que no sabe la hora. Miras tu reloj. La una y cuarto.

No es malcriado llamarla a su celular, menos una noche de sábado. Le estás insistiendo. Él te sonríe. Ambos salen al escampado de las mesas de plástico con la chela en la mano y tú lo ves usando su celular. Te dices, mientras te metes la cerveza a la boca, que hay muchas cosas de Bruno que aún no conoces bien. Ahora escuchas su voz relamida y te da risa verlo en esos afanes. Te das cuenta de que él está medio ebrio también.

—Listo —te dice después de colgar, de acercarse a ti—; están en una fiesta en Pro, ella y su prima.

Salen del sitio, se dejan sellar las manos en la puerta del local. Camino al carro, mientras retoman la autopista, mientras abren otras latas de cerveza medio tibias que se quedaron debajo de los asientos, él te da todos los datos: son primas; una, la suya, se llama Meche, una zamba rica, graciosa, estúpida como una tapia, solo sabe escuchar radio, participar en todos los sorteos de canastas con productos de belleza, moverse en el ambiente de las fiestas; la prima, Liliana, en cambio, estudia periodismo en un instituto, es cholona y de cara medio malcriada, sí, pero tiene un par de tetas bastante considerables y lo más extraño viniendo de una tetona, tiene culo. Extraño, agregas, te ríes. Exacto, loco, te dice Bruno mientras arroja una lata vacía por la ventana del carro: exacto.

El BMW recorre una carretera que se va anchando cada vez más, las fábricas dejan su paso a páramos y a barrios más oscuros y distantes. La música revienta, la voz de David Bowie suena como nunca después de lo que escucharon hace un rato, la voz de Bruno se le pega, la sigue y la destroza, lanza un eructo. Tú sientes venir otro y lo arrojas. La tierra prometida está más allá de unos enormes locales comunales en donde descubres que hay fiestas chicha y espectáculos folclóricos, una autopista de luces de neón cada vez más altas y espaciadas. El carro se mete por un atajo, otra pista, una alta pared, tierra a tu lado. Bruno te dice que son las riberas de un río. Lima tiene tres, este se llama el río Chillón. Sientes la cerveza cada vez más caliente, la has tomado con mayores intervalos porque cada vez la sientes peor en la garganta. Vas a decirle algo a Bruno, ya no recuerdas qué, y de pronto lo ves hablando por teléfono con alguien. Da dos vueltas de manzana, entra por un parque en donde distingues juegos para niños y luego se mete en una calle, frena frente a una casa, te dice que salgas.

—Llegamos.

Dejan el carro con aparente calma y miden sus movimientos. Enciendes un cigarrillo cuando las ves salir de la casa iluminada en la que parece celebrarse algo; han estado esperándolos, han sentido el carro llegar. De pronto miras que la morena delgada saluda a Bruno, le está diciendo que cómo así se aparece de buenas a primeras después de tantos meses, qué le pasó, cómo se olvida de sus amigas, le pregunta si se acuerda de Liliana. Bruno le da un beso y la saluda. Intentas una pose relajada pero luego te arrepientes y la deshaces cuando vienen hacia ti y él te la presenta. Se saludan. Ella deja una estela de perfume que abre por completo las ventanas de tu nariz.

—Suerte que seamos cuatro —te dice, sonriendo.

—Claro —le respondes.

Meche les dice que están en una fiesta familiar, es santo de un tío, ya le ha dicho a su mamá que va a salir contigo, con Bruno y su prima, no hay problema por la hora ni nada, pero tienen que entrar, si no es mucho roche. Dejas de mirar la escalera exterior que trepa a lo que algún día será el segundo piso de esa casa y ves que Bruno te hace un guiño, mete la llave del carro en el pantalón y entra. Es necesario saludar a cada una de las personas de la reunión con la mano. Todas están dispuestas en asientos pegados a las paredes de la casa y mientras ves los rostros que olvidas uno a uno instantáneamente notas cómo se disipa el silencio que se abrió paso junto a ustedes. Te ves de pronto saludando a la mamá de Meche, que les ofrece un vaso de cerveza, un sorbo aunque sea, ustedes son muy amigos de mi hija, desde hace mucho tiempo. Bruno habla algo con un señor que debe de ser el padre y la madre se acerca a decirte que pueden salir con las chicas pero ya saben, dejarlas a una hora razonable: no más de las cuatro y media de la mañana. Asientes, le das un beso y después de eso sacas a Liliana de la casa con una seguridad que no imaginas, sin problema alguno ante la mirada de algunos hombres que deben ser sus amigos. Quizás sus primos.

Bruno abre las puertas del carro y les pregunta a las chicas qué es lo que quieren hacer. No sabes cómo pero de pronto estás sentado en la parte posterior del auto, al lado de Liliana. No sabes si fuiste tú el que se adelantó o fue Meche, pero ella va adelante, al lado de Bruno. El carro deja Pro y retoma el camino de vuelta. La misma carretera y las mismas luces de neón, lejanas. Tú guardas cierta compostura o intentas guardarla. Mercedes y Bruno intercambian frases generales sobre el tiempo que no se ven, sobre las personas que conocen. Liliana a veces señala alguna cosa sobre lo que ellos dicen porque también ha salido con ellos y entonces te detienes en sus labios pintados de rojo y en las sombras plateadas de sus párpados, en el pelo negro que le cae sobre los hombros.

—Ustedes dos pueden hablar harto —dice de pronto Bruno, volteando—. Él es editor de *Semana*, así que aprovecha y pregúntale lo que quieras, Lili.

Liliana te mira fijamente con una expresión de asombro que te parece teatral y te pregunta si es cierto. Le tienes que decir que sí, es verdad, y entonces ella quiere saber tu nombre, se lo dices y ella no puede creer que seas tú, ella estudia periodismo, sí, en un instituto, leen tus textos en clases cuando quieren analizar una crónica o una entrevista. No puede creer que seas tú. Bruno lanza una risotada y a ti no se te ocurre otra cosa que levantar las cejas. A Liliana le apasiona el periodismo, sueña con él mientras trabaja en los multicines que están cerca de la Universidad Católica, te dice cuánto le gustaría trabajar en un sitio como el tuyo, con una persona como tú para que le enseñe a escribir, a contar bien una historia.

Prendes un cigarrillo y le ofreces otro a ella. Le escuchas decir que los periodistas fuman mucho, ¿no? Fuman mucho y son muy bohemios, y toman café y remueven el azúcar usando lápices, eso le dice su profesor, ¿era cierto? A lo mejor él quisiera colaborar con una revista de periodismo que ellos hacen, escribir algo, enseñarles, no sabía muy bien, en verdad estaba extrañada de conocer a un periodista de verdad. Piensas que de alguna manera te sientes a gusto con ella: tiene inquietudes, te dices, y mientras sueltas cualquier cosa, frases vanas, no lo sabes bien, no puedes evitar mirar la amplitud de sus caderas, la firmeza de sus pechos. El carro corre, corre entre espacios que a veces atisbas y luego no recuerdas y de pronto oyes un grito y una carcajada y es Mercedes que le dice a Bruno que cómo dice eso. Liliana te pregunta cómo te conoces con él, qué han hecho juntos. Desde hace mucho, somos como dos almas gemelas, hace algún tiempo salimos por ahí a vivir lo que sea, la locura de los veinticinco. Liliana se sorprende de tu edad, ella tiene veintidós, se demoró en los estudios porque tenía que trabajar, ese tipo de cosas. De pronto le estás viendo el rostro y te cuesta retener lo que te dice. En un momento la escuchas decir que a ella y a Meche les encanta que Bruno sea como es a pesar de lo otro, ya sabes, que pese a todo eso sea tan sencillo.

Salen del carro, reconoces el paredón gris. Los dos muestran los sellos y pagan las entradas de ellas, aumentan unos soles para la zona VIP. Una vez más las mesas, los cantos rodados, la multitud al fondo. Suben las escaleras a los altos después de mostrar los tickets y apenas se ubican en una mesa las chicas dicen que se van al baño. Bruno pide una jarra, te mira a los ojos con ojos vidriosos y te pregunta si no tenía razón. Los dos se ríen, se abrazan.

Liliana y Mercedes llegan después de unos minutos y se ponen a bailar solas a un lado, pegadas a la baranda desde la que se ve la pista de baile. Bruno y tú beben. Hay varios patas que las miran, uno se acerca a ellas y Liliana le hace un gesto de rechazo, los señala a ustedes, ustedes las miran. Bruno se pega a tu oreja y te hace notar que acaso, en ese lugar, ustedes tienen consigo a las dos mujeres más buenas de toda la noche. Le dices que sí, tomas un trago largo y te acercas a Liliana y te pones a bailar con ella. Bruno hace lo mismo con

Meche y de pronto dejas de verlo porque te dejas caer y tienes de pronto los cabellos de Liliana metidos en las narices, su olor a champú y nicotina, su cuello cerca, su cuerpo que de pronto aprietas con ansiedad contra tu cuerpo, tu mejilla en su pecho. En medio de esa salsa, mientras sientes el sudor que pega tu camisa a tu espalda, piensas que te sientes bien.

La música cambia y las dos se despegan al mismo tiempo de ustedes, se pasan la voz: tú regresas detrás de Liliana y camino a la mesa ella vuelve a tocar el tema del periodismo, te pregunta si lees mucho para escribir como escribes, su profesor le ha dicho que todo periodista debe leer. De pronto le dices que sí, bueno, lees mucho en verdad, pero quizás también pueda resultar aburrido, ¿no? Ella te dice que no, que por donde ella vive compra libros piratas cada vez que puede y que por ejemplo ahora está leyendo a Jaime Bayly, que escribe precisamente sobre periodistas, y que le gusta mucho aunque a veces le parece medio simplón, también te dice que escucha a Richard Clayderman. Vas a responderle algo pero Bruno te pasa la voz, tiene a Mercedes agarrada de la cintura y les está diciendo para irse, tomarse un trago los cuatro en un sitio más apartado. Meche te mira con la mano apoyada en el hombro de tu amigo y asiente, le gusta la idea. Liliana acepta, dice que está bien, y tú te das cuenta de que has colocado tu cabeza sobre su hombro.

El carro se detiene en una licorería y tú preguntas si quieren cerveza. Ellas no: sangría. Bruno y tú salen de un brinco, se acercan a las rejas de la tienda, sacan sus billeteras; en ese hueco cerca de la casa de Meche solo la venden en caja, así que compran dos y unos vasos descartables, van hacia el carro, entran y de pronto estás sentado al lado de Liliana. Mercedes hace bromas de doble sentido con Bruno y se ríe, y cada vez que termina su carcajada medio forzada pone su mano sobre el pecho abierto de la camisa de él, los dos se ríen, están riéndose en la parte delantera del auto y de pronto te das cuenta de que tienes arrinconada a Liliana a un extremo de su asiento, muy pegada a la ventana, aprisionada por tu brazo extendido y tu vaso descartable de vino. Sabes que estás ebrio, sabes que en otra situación similar la estarías embarrando toda haciendo lo que haces pero no te importa, esta noche nada de eso importa y acaso por eso te escuchas decir que es estupendo que quiera aprender periodismo, tú le puedes prestar libros útiles, ambos los pueden discutir. Te estás acabando la sangría de un sorbo cuando escuchas que ella te pide nombres: inmediatamente le das nombres: Truman Capote, dices, Norman Mailer, Hunter Thompson, y ella te responde que el primero le suena, que sería fascinante, que una próxima vez podrían hablar de eso si salen juntos y no te pierdes. Te has acercado más y Liliana ha levantado su mano con su vaso de sangría y la ha puesto como una barrera entre tú y ella. Escuchas un grito, volteas y ves que Meche hace un escándalo mientras Bruno la tiene abrazada. Bruno le busca el rostro y le da un beso en la boca, y ella se ríe escandalosamente y le dice que está loco, que es un completo loco, le da otro beso y se suelta de sus brazos. Liliana te pregunta de pronto si tienes pareja y entonces tú le dices que no. Ella te dice que ella tampoco, que tuvo una pero solo quería aprovecharse de ella, tú sabes, y la dejó cuando vinieron los problemas. Tú preguntas qué problemas, ella se lleva el vaso de sangría a la boca como para demostrar que está tomando, se ríe irónicamente como para sí misma.

Te das cuenta en un momento de que le has cogido la barbilla y de que de algún modo no hay marcha atrás. Ella también te mira a los ojos: debes de haberla visto con un rostro apenado cuando habló de su trabajo, de la hipoteca de su casa, de la enfermedad de su hermano o de alguien de su familia, de cosas que inmediatamente olvidaste: ahora te está diciendo que no sabe por qué te ha contado todo eso si recién te ha conocido, quizás porque haces periodismo y a ella le gusta eso o tal vez porque pocas veces tiene la oportunidad de hablar con alguien como tú, tan *diferente*. Te parece que tiene los ojos rojos cuando te dice que en definitiva está trabajando duro para sacar todo adelante, quiere progresar. Durante varios segundos no sabes qué decirle, cómo sentirte. La música que suena es de la radio, y Meche baila con los brazos extendidos dentro del auto, y tiende sus brazos sobre el cuello de Bruno y le dice que cuándo la saca a ella al cine, y él responde que cuando ella quiera y ella dice que podrían ir los cuatro, ¿no Lili? Lili dice que sí y baja los ojos. Miras tu reloj y ella te pregunta la hora; se la dices y ella dice que es tarde, que tienen que dejarlas en la casa. Bruno lanza un grito y dice que quiere un beso de Meche, uno, y entonces ella le dice que está muy ebrio y le da un beso en la boca y luego mira a Liliana y le hace un gesto señalándote. Liliana solo le sonríe y después voltea hacia ti:

—Bruno siempre quiso besarla —dice, sonriendo.

Asientes y te ríes como si el dato te fuera familiar pero no lo es en absoluto. El carro empieza a moverse erráticamente y los cuatro se dan cuenta de que Bruno está muy ebrio y tú eres consciente de tu propia embriaguez también. No piensas en nada cuando el auto zigzaguea. Bruno maneja muy mal pero Meche le acaricia el pecho mientras le va indicando por dónde voltear, qué calle tomar, y de pronto todas las bromas dentro del carro son sobre su modo de conducir, sobre lo ebrios que están los dos, tú también, aunque estés así, todo tranquilito, desde qué hora estarán tomando, ya se les notaba embalados cuando fueron a recogerlas a la reunión, cuando las llamaron. Ríes estúpidamente y tienes deseos de bajarte en cualquiera de las esquinas. Tienes unas ganas extrañas de besar con amor a Liliana y quizás de enamorarte de ella, te dices que te gustaría poder amarla y también ayudarla en sus problemas, pero ya no eres el mismo de hace algunos años y nada te sale de la boca, nada te provoca, solo hacerte el dormido por ratos, escuchar las bromas adelante, reír sin entender. El carro se ha detenido, las chicas están bajando y de pronto Mercedes le dice a Bruno que está mal y Lili te dice a ti si no quieren comer un poco, tomar un café, algo que los reponga porque la casa de Bruno está muy lejos. Ves que las luces de la casa de enfrente se encienden. No es la casa de donde las recogieron. Bruno dice que se bajan.

La madre ha salido de la casa y si algo te sorprende es la manera en que trata a Bruno, como si lo conociera de mucho tiempo, como si de verdad fuese muy amigo de la familia. No tienes cabeza para conjeturar nada. La casa es discreta, austera, tú te las conoces de memoria: el piso de parqué, el espejo con bordes dorados, el mueble de madera que separa ficticiamente dos ambientes. Los dos se sientan en los sofás aparatosos de la sala mientras la mujer se lleva a su hija y a su sobrina a la cocina. Se miran sin decirse nada, agotados, con un brillo en los ojos, y de pronto un olor muy agudo los alcanza. Mariscos, dice Bruno. Lo miras: te encuentras con su cara desencajada mirándote desde su sofá, tiesa, y de pronto los dos se ríen.

—Esto es una noche delirante, loco —te dice.

Haces un gesto de que ha sido demasiado, tienes deseos de echarte a dormir pero inmediatamente te pones de pie y caminas hacia el olor de la comida. La madre de Mercedes debe de tener unos cincuenta y cinco años, está parada frente a una cocina muy grande y limpia y al verte llegar te saluda por tu nombre y deja la sartén en manos de Liliana. Te habla, te está diciendo si es verdad que eres periodista, Liliana le acaba de decir que trabajas en *El Comercio* y ella se siente feliz de que seas amigo de su sobrina, que es una chica tan dedicada a su trabajo. Liliana te mira con algo de vergüenza; quieres creer que también con ilusión. Meche saca el café cargado y lo lleva a la mesa, Liliana termina, sale de la cocina y te descubres siguiéndola, mirándola, repasando sus caderas, su pelo. La mujer de edad ha puesto los manteles en la mesa, los tazones de café y Liliana ha servido los mariscos; las dos muchachas les piden primorosamente que se sienten a la mesa. Vas a sentarte y mientras comes debes asentir a todo lo que la señora les está diciendo sobre las bondades de su hija, en primer lugar, y de su sobrina, en segundo. En un momento abraza a las dos y les da, a cada una, un beso en la frente: chicas bien criadas, rectas, legales. Bruno se mete una cantidad enorme de mariscos a la boca y tú entierras la cabeza en el plato.

—La vieja nos quiere casar, loco —te dice Bruno en el carro, mientras ambos miran a las dos chicas que les hacen adiós con las manos desde la puerta de la casa—. Hasta de comer nos dio la pendeja.

—A mí todo me apenó un poco —le dices buscando cigarrillos en tus bolsillos.

—Y la Meche qué tal conchesumadre.

El carro se desliza en línea recta; has notado que Bruno conduce con algo más de seguridad. Tus ojos se abren paso entre calles angostas, parques algo más espaciosos y se topan con las luces lejanas de la autopista. No puedes dejar de pensar en Liliana, te dices que te podría provocar verla una vez más, también te dices que te daría flojera, lo más probable es que jamás se vuelvan a ver.

Las luces del auto barren la Panamericana, descubren las serpientes blancas, rígidas, que de pronto se iluminan en la grava y desaparecen bajo las ruedas del coche, tragadas por la brea. Después de un momento ambos están pasándola realmente bien mientras rememoran lo que ha sido esa noche, comentan los cariños de la tía, los bailes en el Pitcher, tú cuando ponías la cara encima de las tetas de Liliana o la arrinconabas contra la ventana y ella saliéndote con todo su rollo del periodismo.

—Quiere que la quieran bien, loco —apunta Bruno, mirando la pista, mirándote—. Quiere que alguien la quiera bien.

Miras por la ventana a lo lejos, Bruno se ha lanzado en una disquisición sobre la distancia y lo improductivas que, pese a todo, son estas salidas: la pasas bien, te diviertes, te sientes bacán pero ellas o te sangran o te quieren bien, viven muy lejos, es una lata regresar a Lima, me llega a la punta del pincho. Lo escuchas decir eso e inmediatamente te das cuenta de que el auto no va hacia la casa, se está internando más allá de Pro, al norte, y cuando le dices a Bruno qué chucha le pasa, qué mierda quiere, te dice que ni modo, el carro es suyo y se van a Comas, la cosa aún no acaba, loco. Con él la cosa nunca acaba. Sacudes la cabeza, te ríes y encuentras debajo de tus pies la segunda caja de sangría aún sin terminar, te la empiezas a tomar de pico.

—¿Y a qué parte de Comas vamos? —le preguntas después de secarla—, ¿cuál es el próximo círculo?

—Hemos venido por mujeres —te dice él—. Eso es lo que vamos a conseguir.

El sitio al que han entrado es oscuro y terriblemente sórdido, pero en estas circunstancias ya poco te interesa. Apenas bajaron del carro un hombre menudo los alentó a entrar: más allá de las luces de neón del bulevar casi desierto, agonizante, del otro lado de la tela color sangre de la entrada, un espacio lóbrego, lleno de espejos, los agredió con un olor intenso a pécora, a axila, a perfume barato. Distingues racimos de mujeres semidesnudas que duermen en unos sillones amueblados con telas de plástico. Deben de tener veinte, veintiún, veintidós años; algunas muchos más, un par de ellas te parecen menores de edad. Prendes instintivamente un cigarro y lo chupas con violencia: el humo parece alejar el olor y les permite caminar con menos esfuerzo por el piso mechado de lamparones y restos de cerveza, un espacio de luces moribundas. Caminas por el local y se te antoja que está a punto de cerrar. Una tipa muy gorda recorre los muebles y les dice a las mujeres que se despierten, la noche no ha acabado, hay un par de muchachos apuestos que quieren beberse una cerveza, tener compañía. Pronto observas que algunas se desperezan y de súbito estás rodeado de varias de ellas, escoges a dos, piensas que acaso porque son las que bostezan menos. La que está a tu lado tiene los ojos de un verde reptil por la luz de los reflectores, unas tetas enormes, apenas levantadas por un corpiño. A Bruno una mujer alta y de ojos rasgados le entrevera el cabello.

—¿Has venido antes? —le gritas a Bruno camino a la mesa, tratando de vencer el repentino volumen alto de un bolero.

—Nunca.

Preguntas a la mujer que está contigo cómo es todo y escuchas que la jarra de cerveza cuesta diez soles y veinte en los apartados del otro lado, un sitio al que van las parejas que quieren privacidad. Sabes que estás sentándote a la mesa y que delante de ti está Bruno, la mujer de ojos rasgados y la jarra de cerveza. Las putas piden dos tragos de la casa, dos vasos que llegan con un líquido negro. La mujer a tu lado te acaricia el rostro y te pregunta tu nombre, qué haces, a qué te dedicas. Te sientes cansado para responder con la verdad y sueltas lo primero que se te viene a la mente, a ellas tampoco les importa demasiado. Bruno inventa unos datos y tú lo sigues, de un momento a otro ambos hilvanan una historia inédita de su amistad. Las mujeres tienen rostros soñolientos y los abrazan como pueden; les preguntan si están solos, cómo llegan a esas horas cuando los clientes ya se han ido, dónde han estado los pilluelos, se nota que no son de por acá. Tomas la cerveza que te sabe a diablos y ves que del otro lado de la mesa Bruno te hace un gesto desaprobatorio: le ha parecido igual que a ti. Un bolero que nunca has escuchado suena en el ambiente y dos tipos que no habías visto antes salen a bailar con otras dos putas. La escena, de pronto, te sume en una sensación muy intensa que no puedes precisar. Te acabas de golpe un vaso, dos. Pides otra jarra. Escuchas, o crees escuchar, que Bruno te dice, en inglés, que ustedes dos son como los camaleones, tienen muchas pieles, o una sola que cambia en un sitio distinto, nadie puede saber cuál es la verdadera; la verdad es que no le entiendes todo muy bien, solo le sonríes. Está muy ebrio. Estás muy ebrio. La cerveza se está acabando y a estas alturas te sabe a agua. No sabes cuántas jarras se han tomado o si es la misma. En un arranque te acercas a los labios de la mujer y los besas. Tu mano se posa en su corpiño y ella inmediatamente se lleva la mano a la espalda y sus pechos salen lanzados al aire como dos pelotas. Bruno te dice algo que no entiendes y ves que después se toma la cara con las manos; te preguntas si tiene ganas de vomitar, le vas a decir algo pero la voz de la mujer, cerca de tu oído, te dice que si lo deseas te puedes pedir una pequeña jarra de sangría y se pueden ir a un apartado para dos personas, los dos solitos. Levantas la mano, no sabes cuántas veces, no sabes para qué, y de pronto descubres a una mujer de tetas al aire que trae la jarra y se encierra contigo en un apartado para dos: ves una mesa, un espejo, un mueble cubierto con telas rojas.

De pronto eres débilmente consciente de que te estás besando con ella, se están besando frenéticamente, o eso es lo que te parece, y además le estás cogiendo las caderas, los muslos, el culo. Después te ves besando unas tetas que sientes frías, como si fueran dos globos de agua helada. Tu mano se mete entre las piernas de la mujer y ella las junta un instante, pero después te deja hacer, se ríe estrepitosamente y en un momento descubres sus brazos alrededor de tus hombros, sus dedos en tu pelo y sientes una ternura estúpida en el trato que ella te prodiga, una erección intermitente entre las piernas, algo que no se llega a consolidar pero que sin embargo presientes ahí, adormecido, expectante. Te escuchas diciéndole a la mujer que quieres que te la chupe, que te haga una mamada. Ella ríe y baja la cabeza, se acerca a tu verga, la muerde por encima del pantalón. Quisieras que creciera, que reventara la bragueta y se le meta a la fuerza entre los dientes y le rompiera la boca, pero nada de eso ocurre. La puta te dice que una mamada te costará cien soles. Está cojuda. La ves reír. Te despegas. Piensas en ella y a la vez en el trago que tomas, en la mamada, en el suelo, en el sitio en el que estás y al instante eres presa de arcadas que traen un olor cercano de mariscos, de cerveza, de vino barato. En tu mente, contra tu voluntad, se yuxtaponen la mujer que te preparó esa comida que ahora sientes agolpada en la garganta, Liliana, el Pitcher, y más allá las chicas del Sargento, las mesas del Bohemia, los espectadores de la película rusa, ahora lo recordabas, que tú y Bruno olvidarán para siempre. Repasas todo eso a la vez que tu voz le está regateando a la mujer una rebaja, no entiendes por qué lo haces si quizás no lo deseas, ella te está diciendo que ese es el precio, pero si no tienes te puede hacer una pajita de regalo, que le compres otro trago, se nota que estás solito, se nota que estás triste, se nota que necesitas compañía.

Empiezas a sentir que las fuerzas abandonan tu cuerpo, que puedes caer de bruces sobre el piso en cualquier momento y que de verdad quisieras dormir en este momento sobre ese mueble rojo, al lado de la mujer. Se lo dices y ella te dice que pidas un trago más antes de que cierren la caja, por qué llegaste tan tarde, y de pronto a la música se le superpone una señal de emisora, la voz de un locutor que informa la hora, despierta los ánimos de todo Lima, todo el mundo a levantarse. Has escuchado esa voz y has abierto los ojos, entiendes por segunda vez dónde estás y te paras como puedes. Has corrido las cortinas de tela roja del apartado y ves que Bruno ha aparecido de algún sitio, quizás de otro apartado, y ves que te mira con ojos febriles. Te dice con pánico que se van, es tarde y en medio de un tremendo sopor ambos se dan ánimos y pesadamente abandonan la segunda sala, recorren el recibidor donde un grupo de putas ronca y otra más, aún con ropa de batalla, pasa un trapo por el piso. Afuera, en el bulevar, el único carro aparcado por algún milagro es el de ustedes. Finalmente alguien lo cuidó. Caminan durante un lapso interminable y llegan a él. Ahora crees sentir algo que podría ser vergüenza. No. No sientes ni mierda.

Subes al carro sin decir palabra. Bruno pone música, cualquier música, y de algún modo, escuchándola, tú te sientes a salvo. Una, dos veces parpadeas, y luego observas la claridad que se apodera del cielo. El auto empieza su marcha muy lento, de modo casi imperceptible, y poco a poco gana velocidad. Con el desvanecimiento de la oscuridad ahora te es posible vislumbrar los barrios que estaban ocultos en la noche, ver la carretera en toda su grisura, su miseria. El carro avanza entre la desolación del paisaje y al cabo de un momento te has dado cuenta de que las cosas pasan por la ventana rápidamente. Ya no tienes fuerzas para preguntarte si Bruno podrá manejar así hasta Lima, si estará en capacidad de llegar; sabes que tú definitivamente no podrías. Te quedas dormido durante un rato, no podrías calcular cuánto, y al despertar te descubres en el mismo vehículo de hace varias horas, tu amigo aún a tu lado, sus manos todavía aferradas al volante. Una vez más caes dormido y de pronto te sacude el miedo de dejar que el otro se caiga de sueño en la carretera, parpadeas, haces el esfuerzo, luchas contra tu cansancio, quieres decirle algo pero no puedes y entonces solo llegas a ver el rostro de Bruno humedecido, su mirada clavada en las líneas de la autopista como si corriera contra algo, o contra alguien; vuelves a luchar contra ti, te parece oír que murmura palabras que no entiendes, que apenas te inquietan. ¿Qué quiere hacer?, ¿qué se dice?, ¿adónde te lleva? Sientes que tu cuerpo marcha, que el carro marcha, acaso por inercia, y de pronto te parece descubrir que estás en una ciudad que es tuya porque entre el parpadeo alcanzas a ver la silueta del Palacio de Gobierno y las aguas oscuras del Rímac que corren frenéticamente. Sigues oyendo los murmullos y de pronto, quizás ya en el sueño o en la disolución, deseas con las pocas fuerzas que te quedan que todo aquello no acabe o que acabe de una vez para siempre, que la ruta sea infinita y él no pare de conducir sobre ella y nunca lleguen a un destino, a una casa, a un sitio específico que te obligue a volver a ser lo que eres, despertarte mañana de golpe, reconocerte en todas las cosas que hay en tu habitación.

La visita

*De todas maneras vas a llegar puntualmente a la hora
de la cita que tienes concertada con la muerte.*
JULIO RAMÓN RIBEYRO

Se despierta de golpe, exaltado, como si hubiera sido alertado por la alarma de un reloj que latiera toda la noche dentro de su cabeza. Se sienta en su cama y empieza a reconocer las formas de todas las cosas que lo rodean, un resplandor más allá de las cortinas blancas de su habitación. Tiene deseos de comprobar si el sol es tan nítido como parece, así que salta de la cama y descorre una cortina con la mano. Debajo, a una distancia aún improbable, distingue cómo la luz de febrero cae vertical sobre toda la ciudad y de súbito, mientras percibe esa enorme mancha hormigueante allá abajo, se da cuenta de que es mediodía y de que para la mayor cantidad de personas que andan por las calles la rutina empezó hace mucho tiempo: él no está entre ellas. Ya no. Algo lo extraña. Esta mañana él se ha despertado por cuenta propia. Ningún sonido impuesto lo arrancó del sueño; solo fue su voluntad o su hábito, sacudidos por el descanso intranquilo, el calor del nuevo día, la humedad de las sábanas. Deja la ventana con una sensación que no puede explicarse muy bien y mientras se acerca al baño intenta repasar las posibles razones por las cuales las cosas le parecen tan distintas esta mañana: es día de semana, se dice, y él no tiene que apurarse, no tiene que llegar temprano a la oficina. Siente el chorro de agua helada en las manos y en el rostro y se da cuenta de que en verdad no tiene que llegar a ninguna oficina, a ninguna parte.

Sale del baño después de sacudir los lentes de contacto, ponerles las gotas y colocárselos en los ojos. Ahora sí reconoce la nitidez de todo cuanto hay a su alrededor, y al advertir la amplitud de su cuarto siente que de alguna manera ha despertado por segunda vez. Hay pocos muebles en su espacio y dadas las nuevas circunstancias no podrá reunir más. La casa es el lugar de una persona que está de paso: hay una cama enorme —ahora revuelta—, una radiograbadora sobre el parapeto de la ventana, la TV y el VHS metidos dentro del ropero. En la otra gran habitación —va hacia allá porque tiene sed— el sofá cama está aún desordenado y la bicicleta se suspende en un rincón de la habitación sin nada que la rodee, de un modo algo irreal. Mira su PC y el estante de sus libros. Salvo el frigobar que compró hace unas semanas y del que ahora extrae una caja de jugo de frutas, no hay nada más. Repasa con algo de nostalgia la disposición de sus pertenencias y le parece que forman la última fotografía de una empresa trunca. Se acerca a la ventana y desde allí permanece un rato muy largo mirando la calle Porta, los edificios de Miraflores y de San Isidro, todo alanceado por el sol del mediodía.

Deja la ventana, busca un disco, lo pone a todo volumen. La voz de quien canta se le antoja espléndida y él sale de su baño todo empapado, tenso como un gato. Busca una toalla, se seca, camina desnudo, sigue los coros de un tema, hace la percusión, baila. Se acerca a su celular, lo enciende y descubre en la pantalla tres mensajes acumulados a lo largo de las últimas horas: el último data de hace muy poco; el primero, de muy temprano. Reconoce el nombre: Patricia. Recuerda la cita que tiene pendiente ese día.

—Mierda —gruñe. Luego comienza a vestirse rápidamente.

Aquel día de la visita a Patricia todo le pareció extraordinario. Sintió que había despertado mucho después de abrir los ojos, de manera gradual y casi imperceptible, como si su conciencia hubiera sido el eco de un lentísimo amanecer. Siempre estuvieron ahí el cielo raso, la bombilla casi cuadrada pegada a este y sus pestañas cerrándose una y otra vez, como un parabrisas. Ella se mantuvo así, pegada a las frazadas y a las sábanas, mirando el techo de su habitación, un lapso incalculable. Pudieron ser minutos. O tal vez horas. Había una música extraña, irreconocible, que resonaba en su cabeza, pero tampoco habría sabido definir su origen. Algo muy detrás de sí misma le decía que en todo caso ella era ese cuerpo que yacía sobre un lecho, dentro de una casa, y se repitió mentalmente todo esto para estar segura de que así era. Era ella. La forma del techo y de las paredes, todo ese aire familiar, le hicieron saber que antes había dormido allí. El vacío del otro lado de la cama ponía de manifiesto que la compartía con alguien, que ese alguien había salido, pero no recordaba su nombre, o no tenía las suficientes fuerzas para recordarlo.

Se levantó contradiciendo su voluntad, pese a que aún no había encontrado las respuestas para otras preguntas que tampoco estaba en condiciones de formularse con claridad. Sentada al borde de la cama, Patricia cerró los ojos y tuvo ganas indefinibles de llorar. Tragó un poco de saliva. Se dijo, con esfuerzo, sin tener conciencia de lo que decía, que era día de semana, tenía que ir a trabajar. De modo maquinal se puso la ropa que estaba colocada en la silla de al lado, cogió lo que deberían de ser sus cosas y salió de la habitación.

Recorrió el segundo piso de su apartamento —sí, era suyo—, y encontró todo revuelto, como si hubiera habido una catástrofe el día anterior. Bajó las escaleras. En el primer nivel se topó con un estudio que tenía varias computadoras y herramientas que, entendió de pronto, no le pertenecían. Son de él, pensó. Después, inmóvil en medio del desorden, trató de definir lentamente qué debía hacer: empezó a buscar su llavero. El caos de todos los objetos acentuaba aún más su desconcierto, pero las llaves estaban en el bolsillo de sus jeans. Dio vueltas al candado de la puerta con total concentración, salió de la quinta y el aire de la mañana le aclaró un poco la vista. Mientras caminaba la visitaron las primeras certidumbres de lo que tendría que ser su realidad, y le infundieron confianza: trabajaba para un periódico. Este quedaba en el Centro de Lima. Ella vivía en Miraflores. Tenía carro, pero no estaba en condiciones de manejarlo y, además, le costaba recordar dónde lo había estacionado el día anterior.

Se detuvo en la avenida Comandante Espinar. Miró los jardines y a algunas personas que caminaban con bolsas de pan bajo el brazo o corrían escuchando música del discman: le pareció que todas eran indistintas; misma edad, sexo y color. Intuyó, por el escaso tráfico, que aún era muy temprano. No le importó. Paró un taxi de un momento a otro y se sorprendió al hacerlo: había dejado pasar varios durante los últimos minutos. Recitó con esfuerzo el nombre del periódico. No preguntó el precio.

El viaje o sus circunstancias se borraron de su memoria apenas se apeó del auto, o quizá nunca existieron. Cuando entró en la oficina —apuntó su nombre en una planilla porque no tenía consigo el fotocheck— todo la cogió de sorpresa: las computadoras, que permanecían en sus posiciones, estaban rodeadas de legajos de papeles revueltos, puchos desperdigados, vasos y restos de comida solidificada, pasada. El personal de limpieza hacía su labor. Se quiso decir que hubiera sido mejor esperar unas horas más en casa. Podría haberse ido a un café. Pero nada de eso le importó.

Prendió de manera automática su computadora. A un lado del monitor descubrió unos *post it* garabateados. Al verlos, recordó. Durante sus últimos días de trabajo demoraba más de la cuenta en realizar las tareas más simples —editar un texto pequeño, mandar un email con tal o cual solicitud a la administración—, se olvidaba una y otra vez de todas sus obligaciones. Por ello se apoyaba en esas notas que preparaba con esfuerzo durante los últimos minutos en la oficina. Al día siguiente siempre avanzaba a tientas, lentamente; escudriñándolas, descubría en ellas el sentido inmediato de esa jornada. Esa mañana, sin embargo, no pudo definir exactamente a qué se referían. Leyó los pequeños papeles una y otra vez, o creyó leerlos: tan solo reconocía su propia caligrafía. Entendía trabajosamente el sentido de las palabras e incluso podía unirlas, pero el mensaje final del escrito era esquivo, se escapaba de la red de su mente una y otra vez. Sus ojos se humedecieron, de pronto, impotentes. Se repitió varias veces que no estaba mal y, no conforme con eso, intentó hacer algo para demostrarse que aún tenía dominio de sus facultades, que aquello era solo la manifestación de un letargo producto de un trabajo abrumador, de los cigarrillos que devoraba, de las pocas horas de sueño o de un sueño intranquilo y nervioso. Miró tres veces el mismo nombre, el único que reconoció entre los dos o tres pegotes que tenía, y marcó el número telefónico indicado en el papel. Lo hizo desde su celular y esperó respuesta en actitud alerta, pero solo encontró un anodino saludo como toda respuesta. Era la voz de él. La podía reconocer, después de todo. No dejó ningún mensaje. O mejor dicho, no dijo nada. Le ocurrió lo mismo en otras dos oportunidades a lo largo de casi toda la mañana. La última vez que escuchó la grabación tenía la intención de decir algo, pero llegado el momento se olvidó para qué llamaba, y colgó.

Deja atrás la salida del edificio con premura y, sin embargo, no evita volverse a mirarlo cuando está a unos metros de él. Su estilo psicodélico, su color azul eléctrico siempre le han llamado la atención. La vez que lo tomó, esas características lo hicieron vacilar varios días antes de animarse a firmar el contrato; sin embargo, la solución de que viviendo allí evitaría precisamente la visión de esa fachada lo terminó de alentar. Además, se dice, desde cierta ventana de su habitación, si se forzaba la vista y no había ningún tipo de neblina, era posible distinguir, entre una muralla de edificios, una franja azul entrecortada que era el mar.

Se sonríe. Observa, detrás de sus lentes de sol, la intersección de Los Pinos y Benavides, hacia donde va. Las personas que venden oro en la entrada de su edificio se lo siguen ofreciendo. No lo reconocen a pesar de que vive ahí hace casi un año. Una vez en el cruce se detiene a mirar hacia todas las direcciones con algo de solemnidad y después lanza un suspiro casi teatral. Abre las ventanas de su nariz; contento, absorbe la sal del mar que impregna el aire. Ese día puede repartir su tiempo de la manera en que le dé la gana. Quiere evitar un incipiente vacío que se anuncia, debe pensar, hacer planes: visitará a su mamá en la tarde, aprovechará para mirar una vez más el rostro y las manos de su sobrino recién nacido, su hermana convaleciente después de la cesárea, y al caer la noche irá en busca de su novia: escogerán entre tomar helados o ir al cine, después él le podría proponer el viaje. ¿Cuánto durará su reunión en la oficina? No mucho; de repente lo resuelven todo durante el almuerzo. ¿En el Manhattan? Camina por la avenida Benavides, rumbo a Larco. Comienza a sentir una picazón en la frente. Va a sudar. Ha tomado la primera decisión. Abordará uno de los taxis-colectivos que recorren toda la avenida Arequipa y después Wilson y Tacna. Después deberá caminar unas siete cuadras hasta llegar a su trabajo, pero está con ánimos. No le importa el calor. Esa opción le permitirá ahorrar cuatro o cinco soles y él no va a recibir dinero en los próximos días, al menos no como antes.

Permanece de pie por un par de minutos en el cruce de Larco y Benavides; le provoca detenerse en la gente. Le parece que ahora los puede observar con mucha mayor definición que antes. A diferencia de otras veces, en que salía con urgencia a la calle y con un teléfono celular que reventaba de mensajes y llamadas, esta vez tiene todo el tiempo del mundo para mirar. Pese a la urgencia que muestran todos, puede advertir con claridad la edad de cada quien, especular acerca de su historia personal, sus motivaciones. Pasa algún tiempo así, sintiendo el sudor que de pronto le corre por el cuello: es una emanación natural, incluso cómoda. Compra agua mineral y la saborea mientras se mete en el taxi. Se sienta detrás, pegado a la ventana, justo a espaldas del chofer. Tiene en la cartera un par de libros y un discman, pero, extrañamente, prefiere oír la música del vehículo.

Hay un nudo de carros en toda la avenida Larco antes del óvalo de Miraflores, mucha gente en ropa ligera, y él contempla a todas las mujeres de las aceras, a las secretarias, a los niños, a los vendedores de helados. Alcanza a ver los asientos verticales del parque central, las parejas que se besan indiferentes al horario, al sol, al estruendo de los autos. Sonríe. Él había estado ahí hace una o dos semanas en condiciones muy diferentes. Permaneció sentado horas, después de caminar como un lunático por el parque, y a eso de las seis de la mañana, mirando a los gatos que corrían por las veredas y los jardines, tomó la decisión sin consultarle a nadie: había pasado años sumido en la inercia y no se había animado realmente a hacer lo que quería hacer. Se había mudado a un edificio en otro barrio, se había comprado lo indispensable para vivir y una cantidad abrumadora de libros que nunca leía. Estaba sentado, mirando el piso del parque, con los ojos llorosos, cuando se preguntó si valía la pena.

Esa misma tarde habló con su jefe y le explicó todo: él lo entendió y se solidarizó con su decisión, él había pasado por algo similar. A los dos días llegó con su carta de renuncia a la oficina y nadie hizo el menor gesto o amago para disuadirlo de su decisión. Se dio cuenta de que su presencia era absolutamente insignificante en el periódico, que daba exactamente lo mismo si se iba o permanecía en él. Sus compañeros se le acercaron con rostros de circunstancias, le dieron palmadas sobre el hombro, le dijeron que era una lástima, le harían una despedida uno de esos días, no sabían cuándo. Entre todos los gestos, el de ella había sido el único concreto, sincero en su frialdad: le había ofrecido la posibilidad de compartir un trabajo eventual, requería su ayuda para hacer la corrección de estilo de ciertos libros en los que estaba comprometida desde hacía meses; para él esa podría ser la primera posibilidad de supervivencia después de la decisión que había tomado. Lo era, se dice. Por eso estaba ahora yendo una vez más al Centro de Lima, observando desde la ventana las escasas casonas que aún se mantienen de pie en San Isidro.

Ahora que el taxi se ha llenado con los cinco pasajeros de rigor, el chofer toma el carril izquierdo de la avenida Arequipa, pegado a los árboles. Las ramas proyectan sombras que entrecortan el suelo de la pista. Ha transpirado mucho, pero no ha perdido la comodidad. El trabajo eventual significa algo de dinero. Él tiene ahorros y sabe que no podrá quedarse donde está. Pagará un mes más de alquiler y luego tendrá que mudarse a casa de sus padres. Con todo, ya había conseguido un escritorio y de un tiempo a esta parte tenía la computadora. No necesitaba más. Está por pensar algo más cuando el sonido cortante de su celular lo trae de nuevo al taxi. Lo responde:

—Aló —se escucha una voz cansada del otro lado de la línea.

—Aló —dice él. No reconoce la voz pero sí el número, consignado en su celular cuando timbró—. ¿Pati?

—Sí. Pati.

—Recibí tus mensajes —dice atropelladamente—. No olvidé la reunión. Estoy en el taxi. Estoy allá en unos minutos.

Ella dice algo ininteligible.

—Sí, claro —responde él.

Ella dice algo incomprensible de nuevo y él le está diciendo que no la entiende cuando la llamada se corta.

Pasó varias horas sin hacer algo preciso. Intentó vencer su desgano a través de actividades simples como ir a la máquina de café o a la de gaseosas. Atendió un par de llamadas y no pudo captar nada de lo que le decían; pidió que le repitieran los datos, los nombres, las indicaciones. Miraba fijamente la pantalla atiborrada de palabras y pasaba el cursor por unas y otras de modo aleatorio. Quiso vencerse, desestimar su precariedad pero sus intentos fueron vanos. Los murmullos la iban cercando; no sabía de dónde provenían porque no despegaba sus ojos de la máquina. Sintió ganas de llorar por su incapacidad, por la indiferencia de los demás, pero no sabía si era realmente por ello. No podía nombrar lo que le pasaba, solo padecerlo. De pronto estaba ahí, frente a su computadora, llorando. Nadie se atrevió a hablarle o acaso lo hicieron tan débilmente que no los pudo escuchar. Quizá necesitaba que alguien la sacudiera, le gritara su nombre, le dijera que se encontraba mal y que debía marcharse a casa y entonces ella le obedecería, pero nadie lo hizo. Seguía arrinconada en su esquina, repasando todos los números telefónicos de su agenda sin repasarlos.

Fue después de un tiempo indeterminado que ocurrió *aquello*, eso que nunca supo explicar. Habían transcurrido las horas, la gente almorzaba (¿por qué no le habían avisado?) y la oficina estaba casi desierta. Entonces alguien se acercó, a hablarle seguramente, y viéndola tan absorta atinó solo a tocarle el hombro. Ella murmuró algo sin ladear el rostro. Después presintió más adelante la sombra de un hombre de su edad, de su contextura, que llevaba una cartera y una camisa jean. Era Jonás. Estaba ahí para almorzar con ella, como habían quedado, pero de seguro se dirigió a otro lado del periódico para arreglar cobranzas, chequear recibos, aquellos trámites comunes después de una renuncia.

Siguió sumergida en lo que tendrían que ser sus labores. Pasó más de media hora así, pero no tuvo noticias de él. De vez en cuando levantaba inútilmente el rostro para ver si aparecía, y esa espera empezó a perder sentido. Lo tenía que apurar. Se fijó en el *post it*. Volvió a discar su número.

—¿Jonás? —dijo.

—Sí, dime.

—¿Dónde estás?

—En el mismo taxi.

—Creí que ya estabas aquí.

—No —dijo él—, pero ya estoy cerca, no te preocupes.

El carro se ha enredado en la telaraña que a esas horas es la avenida Arequipa. De las academias salen innumerables piquetes de adolescentes que se preparan para postular a la universidad y se agrupan entre cuadra y cuadra. Las combis, los taxis, los buses, se aguijonean en cada una de las esquinas intentando capturarlos.

Él escucha los gritos de los cobradores, ve los disfuerzos de los muchachos y recuerda que estudió en un instituto así años atrás, cuando todo era aún muy difuso. Los chicos que conoció parecen ser los mismos que ve a través de la ventana: están ahí conversando, agitando sus pelos engominados, mojados, llevando con desparpajo sus lentes de sol, sus polos percudidos.

Las personas sentadas a su lado se quejan del tráfico y del calor. Están apuradas. A él, en cambio, parece no importarle que la gente se pasee entre los autos varados sin respetar las señales de tránsito y que la inmovilidad estanque el aire dentro del carro, sancoche las piernas, las cabezas, los cuellos. Después de su reunión con Pati, en el mismo Centro de Lima, podría visitar muchos sitios para comprarle algo a su mamá. También podría adquirir algo para su sobrino, o algo para su novia. ¿Por qué no? Se pasa la mano por la frente y mira los surcos de su palma empapados por el calor. Sus propias ideas lo sorprenden. ¿Y si llevaba a su chica a La Merced? Un amigo suyo le había detallado lo bien que la pasó con su pareja ahí, lo hermoso del lugar y de la gente.

Alguien chasquea la lengua a su lado, refunfuña, y él se da cuenta de que el taxi no se ha movido desde hace un buen rato. Un pelotón de carros se arremolina formando una muralla infranqueable delante de sus ojos. Están en un cruce; de las calles transversales los vehículos particulares arrojan descargas de bocinazos. Voltea y descubre el rostro de quien se queja: es un hombre de unos cuarenta años que tiene unos formularios del Poder Judicial. El taxista resopla. Abre la portezuela de su asiento y se levanta para mirar lo que ocurre. Estira el cuello.

—¿Qué pasa? —dice el hombre de los papeles.

—Es la Telefónica. Hay una manifestación delante de ella. Ex trabajadores.

Había gastado un par de horas intentando comunicarse con él, pero había sido imposible después de la última llamada. Su celular no contestó nunca más. Escuchó varias veces la voz de la grabadora: él diciendo el mismo mensaje, como en la mañana. Sintió de pronto una burbuja de aire caliente en su estómago y se dio cuenta de que no había desayunado. Muchas personas ya estaban de vuelta en la oficina, después del largo almuerzo de los viernes. Serían ya las tres. Las cuatro. No lo confirmó. Pudo permanecer así todo el día de no haber sido por Alonso, un compañero de trabajo que le estaba hablando: sí, claro, balbuceó, podían irse a almorzar.

Mientras permanecieron en el restaurante que quedaba cerca del trabajo ella estuvo intranquila. Las mesas estaban todas vacías. La mayoría de personas se había retirado tras la sobremesa. Pegado a una gran ventana, con los codos apoyados sobre un mantel lila, Alonso le dijo a ella que su pantalón estaba empapado por una especie de baba, una sustancia extraña. Ella bajó la cabeza y descubrió la mancha sobre su pierna. Quizás estaba mal, le dijo Alonso, quizás fuera depresión: llevaba puesta la misma ropa de los últimos tres días.

Engullía unos espaguetis sin sentir el sabor ni el aroma de la comida. Él recitaba los síntomas del mal a la vez que extendía uno a uno los dedos de su mano: cansancio, ausencia de sueño, hipersensibilidad. Le pasó lo mismo cuando estudiaba sus últimos años de literatura en San Marcos y trabajaba en *Expreso* como editor de un suplemento. Se sumergió en una rutina de vértigo atizada por innumerables cigarrillos —¿cuántas cajetillas consumía ella por día?, ¿dos, tres?— y muchísimo café, y no regresó hasta que en un momento todo se detuvo: se olvidó de quién era, cómo se llamaba, qué tenía que hacer en el mundo y terminó de bruces contra el piso: solo tres semanas de descanso lo sacaron del estado comatoso. ¿Ella había despertado con los ojos abiertos y sin recordar cómo se llamaba? ¿Tampoco se acordó de que tenía un novio? Alonso procedió a enumerarle las múltiples labores que hacía y que excedían largamente sus capacidades: dictar clases en la universidad, cursar una maestría en Lingüística, corregir textos para una casa editorial, manejar una revista mensual y, además, estar atendiendo una mudanza junto a la persona con la que vivía.

A Patricia solo le quedaba asentir. A esas alturas de la tarde podía entender, no sin esfuerzo, algunas cosas. Empezó a articular lentamente palabras, frases precariamente construidas para explicarle a su compañero lo que le ocurría: estaba de acuerdo, en líneas generales, con las recomendaciones, tenía ciertas ideas vagas aleteando dentro de su cabeza: iba a dejar algunas de sus obligaciones, otras las compartiría con terceros, ya había pensado delegar algunos trabajos de corrección de textos a Jonás. Alonso la miró atentamente cuando ella se quedó callada porque de pronto se había acordado de él, se había dado cuenta de que había dejado su celular en la oficina y de que en esos momentos él la podría estar llamando desde algún lugar.

Entonces de golpe, casi al unísono, timbraron el celular que estaba sobre la mesa y el otro, que estaba encerrado en su mente. Alonso contestó con la misma cara de fastidio que ponía cuando lo interrumpían a la hora del almuerzo. Lo que ella pudo recordar muchas horas después fue la inmediata aparición de un rostro distinto, al principio incomprensible: ella se quedó mirando con distancia los rasgos desencajados de Alonso, sus ojos grandes y vidriosos que buscaban una respuesta en los de ella sin haber formulado pregunta alguna. Solo retenía esa imagen en su mente, y sintió una vez más vulnerabilidad, que las cosas pasaban afuera a un ritmo no comprensible para ella, se dilataban, se contraían. Deseó tener su celular a la mano, recobrar la lucidez, despertar en su cama de nuevo, pero esta vez con los ojos cerrados y luego tomar la determinación propia de abrirlos, de mirar el mundo. No lo quería ver de la manera en que lo hacía. Estaba exhausta. Inquirió con los ojos a Alonso, sin querer.

—Es sobre Jonás —articuló él, con mucha dificultad.

Al principio escuchaba las consignas a lo lejos, pero con el paso de los segundos los gritos ganaron consistencia y ahora los siente apenas a un par de metros de distancia, crispados, belicosos. Mira su reloj: las dos de la tarde. Ahora está sudando copiosamente y su polo se le pega al cuerpo. Así, ensopado, empieza recién a sentir cierta incomodidad. Los ruidos de los otros autos son ensordecedores. El lento avance del carro ha viciado por completo el aire del interior. La luz del sol, ahora ligeramente oblicua, le daña el brazo izquierdo. Lo retira de la ventana y toma conciencia de que está yendo al periódico en que trabajaba hasta hace un par de días, que tiene una cita y que de esa manera, estancado por el tráfico, es muy probable que llegue tarde. Calcula el tiempo: está muy atrasado.

Debe hacer algo. Le cuesta oír el timbre de su celular nuevamente:

—¿Jonás?

—Sí.

—¿Dónde estás?

—En el mismo taxi.

—Creí que ya estabas aquí.

—No —dice él—, pero ya estoy cerca, no te preocupes.

Ella le dice, de una manera desordenada, que ha sentido algo muy extraño ese día, que el tiempo está pasando de una manera incomprensible, se siente mal, ojalá pudiera llegar inmediatamente donde ella. Él cuelga después de decir algunas palabras tranquilizadoras. Mira allá, en las calles, el sol golpeando a la gente, iluminando los rostros enfurruñados por la dureza del calor. Ve a los vendedores en medio de la pista ofreciendo gaseosas, aguas minerales, y se dice que no hay nada de extraño en ese día; solo una levedad nueva, producto de la falta de obligaciones. Los dos pasajeros a su lado se enfrascan en una conversación sobre el estado de la ciudad, los problemas cotidianos y cosas así. Él piensa en el lugar al cual podría ir con Pati a almorzar: el Manhattan no era conveniente, muy caro. También podría visitar a su mamá sin regalos, postergar el cine con su novia para el día martes, que cuesta la mitad. ¿Y el viaje? Quizá a Huaraz, o algo más sencillo como Ica.

Su celular vuelve a sonar:

—¿Jonás?

—Sí. Él. ¿Pati?

La oficina tuvo para ella un cariz aún más irreal que en la mañana. Todos estaban conmocionados, se miraban a los ojos y movían las cabezas de un lado a otro. Pocos hablaban. Cuando lo hacían relataban la misma historia, aunque con ligeras variaciones, según el caso. No llevaba billetera, celular, cartera o cualquier otra pertenencia. Había ocurrido en el cruce de las avenidas Iquitos y 28 de Julio, en una esquina de la plaza Manco Cápac. Se habían comunicado con ellos por el carnet de prensa que guardaba en uno de sus bolsillos como si fuera un amuleto, como si con él hubiera evitado olvidar que muy en el fondo era aún un periodista. Debió de haber sido algo muy rápido. Todos estaban extrañados. A ella le costó reaccionar a todo desde que el rostro de Alonso se desfiguró. Recordó que él la cogía de la mano mientras ella se tropezaba con casi todas las cosas. Llegaron juntos a la oficina y se encontraron con un corro anudado alrededor del escritorio del jefe. Ella se soltó del brazo de su compañero y se fue a refugiar en su computadora. No quiso saber. Después de algunos minutos una mujer pequeña, de cabellos muy negros, se acercó a hablarle con voz muy dulce, a decirle lentamente lo que se había acordado para la larga y aburrida noche de velada y pésames que todos tenían por delante; ella, en cambio, tendría que irse a su casa, a todas luces estaba mal. Patricia la miró a los ojos y la muchacha le explicó que justo durante el almuerzo el jefe y ellos habían discutido su situación: llevaba un ritmo de vida ingobernable, tenía que ordenarse y empezar de nuevo. Tener muchas ocupaciones a la vez solo contribuía a reducir sus facultades, su seguridad, su autoestima. Ese día, por ejemplo, no había estado trabajando en absolutamente nada. Todos lo notaron.

Fue entonces que ella se puso a llorar y la muchacha (¿recordaba su nombre?) la abrazó y se puso a llorar también. Estuvieron así, durante un largo rato, rodeadas por la mudez de la oficina. Ella se preguntó si el llanto de la otra era por él también, porque sentía que las lágrimas, en su caso, no tenían una causa precisa.

—Él estuvo aquí —alcanzó a decir después—. Fue como una visita.

—Estás cansada —le respondió su compañera, acariciándole el pelo—. Debes irte a casa.

Pensó en el desorden de su hogar, en todo lo que estaba pendiente y que sabía no estaba en condiciones de realizar. Una vez que estuvo sola volvió a llamar al celular de él. Podría oír su voz en la máquina como si aún respirase, se dijo, o quizá le respondería desde algún lugar («¿Pati? ¿Pati?»), excusándose porque, siendo ya las seis de la tarde, no llegaba aún a la oficina. La máquina timbró varias veces y de pronto alguien la activó. Alrededor se trenzaban otros sonidos, extraños. Una voz respondió:

—Aló.

—¿Pati? ¿Pati?

Pero nadie contesta. El taxi avanza un poco, unos dos o tres metros, y después se detiene. Revisa su celular. Se apagó solo. Intenta prenderlo pero al hacerlo el aparato emite una señal agónica y su pantalla indica que la batería se encuentra por debajo del nivel: lo guarda en su cartera. Suspira. ¿Habría sido Pati? No distinguió el número. Si bien la voz era de mujer, no pudo precisar si era de ella. Lo estaban esperando ya bastante tiempo y él ahí, demorándose, engañándola. Pide permiso. Hurga en su bolsillo: no tiene monedas. Saca la billetera, le paga al conductor y sale con esfuerzos del taxi, recibiendo al mismo tiempo el cambio.

Alguien le grita algo y él voltea a ver de qué se trata: le señalan el piso: su carnet del periódico. Lo recoge y se lo mete al pantalón como puede. Camina deprisa para llegar a la avenida Petit Thouars, donde hay menos tráfico. Ahí detiene un nuevo taxi, esta vez particular. Dice adónde se dirige y le piden cuatro soles. Se sube al asiento posterior y, cuando el auto parte, abre la ventana y siente el viento que le golpea el rostro, le refresca la cara, los ojos, el cuello, las manos.

El vehículo toma una ruta alterna. La rapidez con la que el conductor maneja, que otras veces le resulta intolerable, no le molesta. Tampoco el olor a sudor atrapado en el vehículo. Se queda mirando con detenimiento a la gente que camina por las calles, la ciudad, el cielo de Lima:

—Voy a agarrar la avenida Iquitos.

Él asiente. El carro cruza la Vía Expresa, raudo. La radio dice que frente al Palacio de Justicia hay una manifestación también. No ha ahorrado nada en lo que va del día. ¿Y por qué tendría que empezar a hacerlo a partir de hoy? Iría con Pati al Manhattan y se pediría un buen plato de pasta, le compraría unos regalos a su mamá y, por qué no, a su sobrino; en la noche sacaría al cine a su chica. Se detiene a mirar a una mujer obesa que se ofrece a esas horas y pese al calor. Tiene ganas de piropearla. ¿Por qué no a La Merced? Podía ir, sin duda, y además pagar un mes más el alquiler de su departamento en Miraflores. Después de unas vacaciones merecidas encararía el asunto que debía encarar.

—El único semáforo que nos vamos a topar es el del cruce con 28 de Julio, míster —dice el taxista—. Después nos vamos como por un tubo.

Se pone a tararear una melodía cuya proceden-
cia no recuerda. Sí, La Merced. Se ha puesto a sonreír
cuando llega a la plaza. Desde la ventana mira a los niños jugando, a los fotógrafos con sus cámaras antiguas, toda la quietud de ese parque en La Victoria, un
sol que se enreda en los árboles de amplias copas, estos
mismos árboles cortando la imagen del inca que señala hacia algún punto imposible de identificar.

Este libro se terminó
de imprimir en
Madrid (España),
en el mes de
abril de 2014

Alfaguara es un sello editorial del Grupo Santillana

www.alfaguara.com

Argentina
www.alfaguara.com/ar
Av. Leandro N. Alem, 720
C 1001 AAP Buenos Aires
Tel. (54 11) 41 19 50 00
Fax (54 11) 41 19 50 21

Bolivia
www.alfaguara.com/bo
Calacoto, calle 13 nº 8078
La Paz
Tel. (591 2) 279 22 78
Fax (591 2) 277 10 56

Chile
www.alfaguara.com/cl
Dr. Aníbal Ariztía, 1444
Providencia
Santiago de Chile
Tel. (56 2) 384 30 00
Fax (56 2) 384 30 60

Colombia
www.alfaguara.com/co
Carrera 11A, nº 98-50, oficina 501
Bogotá DC
Tel. (571) 705 77 77

Costa Rica
www.alfaguara.com/cas
La Uruca
Del Edificio de Aviación Civil 200 metros
   Oeste
San José de Costa Rica
Tel. (506) 22 20 42 42 y 25 20 05 05
Fax (506) 22 20 13 20

Ecuador
www.alfaguara.com/ec
Las Higueras 118 y Julio Arellano.
Sector Monteserrín
170507 Quito
Tel. (593 2) 335 04 18

El Salvador
www.alfaguara.com/can
Siemens, 51
Zona Industrial Santa Elena
Antiguo Cuscatlán - La Libertad
Tel. (503) 2 505 89 y 2 289 89 20
Fax (503) 2 278 60 66

España
www.alfaguara.com/es
Avenida de los Artesanos, 6
28760 Tres Cantos, Madrid
Tel. (34 91) 744 90 60
Fax (34 91) 744 92 24

Estados Unidos
www.alfaguara.com/us
2023 N.W. 84th Avenue
Miami, FL 33122
Tel. (1 305) 591 95 22 y 591 22 32
Fax (1 305) 591 91 45

Guatemala
www.alfaguara.com/can
26 avenida 2-20
Zona nº 14
Guatemala CA
Tel. (502) 24 29 43 00
Fax (502) 24 29 43 03

Honduras
www.alfaguara.com/can
Colonia Tepeyac Contigua a Banco Cuscatlán
Frente Iglesia Adventista del Séptimo Día,
   Casa 1626
Boulevard Juan Pablo Segundo
Tegucigalpa, M. D. C.
Tel. (504) 239 98 84

México
www.alfaguara.com/mx
Avda. Río Mixcoac, 274
Colonia Acacias, C.P. 03240
Benito Juárez, México D.F.
Tel. (52 5) 554 20 75 30
Fax (52 5) 556 01 10 67

Panamá
www.alfaguara.com/cas
Vía Transísmica, Urb. Industrial Orillac,
Calle segunda, local 9
Ciudad de Panamá
Tel. (507) 261 29 95

Paraguay
www.alfaguara.com/py
Avda. Venezuela, 276,
entre Mariscal López y España
Asunción
Tel./fax (595 21) 213 294 y 214 983

Perú
www.alfaguara.com/pe
Avda. Primavera 2160
Santiago de Surco
Lima 33
Tel. (51 1) 313 40 00
Fax (51 1) 313 40 01

Puerto Rico
www.alfaguara.com/mx
Avda. Roosevelt, 1506
Guaynabo 00968
Tel. (1 787) 781 98 00
Fax (1 787) 783 12 62

República Dominicana
www.alfaguara.com/do
Juan Sánchez Ramírez, 9
Gazcue
Santo Domingo R.D.
Tel. (1809) 682 13 82
Fax (1809) 689 10 22

Uruguay
www.alfaguara.com/uy
Juan Manuel Blanes 1132
11200 Montevideo
Tel. (598 2) 410 73 42
Fax (598 2) 410 86 83

Venezuela
www.alfaguara.com/ve
Avda. Rómulo Gallegos
Edificio Zulia, 1º
Boleita Norte
Caracas
Tel. (58 212) 235 30 33
Fax (58 212) 239 10 51